半沢幹一

向田邦子の末尾文トランプ

新典社新書 80

はじめに

向田邦子の文章の切れ味については、定評のあるところですが、それがとくに際立つのは、文章最後の一文つまり末尾文ではないでしょうか。

ノンフィクション作家の沢木耕太郎は、向田の第一エッセイ集『父の詫び状』（文春文庫）の解説で、「向田邦子のエッセイの終り方は、この最後の瞬間にカタルシスを感じるのだ。場にさらされているカードには相互の関係はないが、最後の札が開けられたとたん、すべてのカードに脈絡がつく」と評しています。

これは、向田のエッセイに限らず、小説にもシナリオにも当てはまることです。

本著は、向田の短編小説（発表された全二十四編）とエッセイ（『父の詫び状』所収の全二十五編）の末尾の一文にしぼって、その役割を考えてみたものです。

当たり前ですが、末尾文はその一文だけで成り立っているわけではなく、そこに至るまでの文脈があってこそ意味を持つものです。そのため、各作品全体の内容に関する、最低限の紹介をしましたが、主眼とするのはあくまでも、なぜその一文が末尾に置かれたのかの解明にあります。

末尾文というのは、単に文章における最後の一文というだけではなく、文章全体をしめくくり、かつその作品の印象を決定付けるという点において、きわめて重要な意味を持っているのです。

本著のタイトルにある「トランプ」という言葉は、向田の「思い出トランプ」という連作短編集のタイトルにならったということもありますが、向田作品の末尾文もまた、決してワンパターンではなく、トランプゲームの「最後の札」として、じつにさまざまな上がり方をしているということを示したかったからです。その上がり方には、これ以上ない高得点のものもあれば、中にはなぜそんなふうにしたか謎のもなくはありませんが、上がりは上がりです。

向田作品の愛読者の方はもとより、未読の方にも、本著を通して、あらためて彼女の文章の末尾文ならではの味わい深さに、「カタルシス」を感じてもらえればと願っています。

目次

《エッセイ編》

《小説編》

写真機のシャッターがおりるように、庭が急に闇になった。（かわうそ）

この一文だけでも、ドラマが感じられませんか。「庭が急に闇になった」ところから、何か不吉なことが始まるような…。これが末尾文なのですから、物語のその後の展開は決して明るいものではないことが想像されます。

庭が急に闇になることは、現実でもありえなくはありません。しかし、この短編をここまで読んできたら、そういうことはなさそうです。最後の場面は、穏やかな夕暮れ時ですし、天候に関わる描写はまったくないのですから。

「写真機のシャッターがおりるように」という比喩は、フィルム写真を撮る際、シャッターを切ると、ファインダーが閉じて視界が暗くなる、まさにその瞬間をたとえています。普通は、その直後にまた明るくなるはずなのに、この末尾文はそうならないことがほのめかされます。それは、撮影者の立場にあるのが宅次だからです。

この末尾文は、宅次の身に起こった、何度めかの脳卒中の発作を比喩的に表しています。

つまり、庭そのものが闇になったのではなく、庭に目を遣っていた宅次が突然意識を失ったということです。

　脳卒中の前兆や発作については、この作品の冒頭から繰り返し描かれています。そして、最後の場面でも、それらしい様子の表現が布石として出てきます。たとえば、「首のうしろで地虫がさわいでいる」という一文、そして「返事は出来なかった」という一文が、末尾文の直前にあるのです。

　これらの文から思い浮かべられる事態は、宅次の発作しかありません。末尾文はそれをそのまま示すのではなく、あえて宅次の目に映った情景の急変として描くことによって表現しているのです。そうすることによって、シャッターの効果音付きの庭の映像があざやかに喚起されます。向田はその映像を言葉だけによって描きだし、一気に暗転する、ドラマチックな幕切れとしたのでした。

　『思い出トランプ』の小説は、どれも三人称で書かれています。「かわうそ」という作品も、形のうえでは、宅次と厚子を中心とした登場人物たちを、第三者の視点から描いているように見えます。しかし、じつは一貫して宅次寄りの立場になっています。その典型が、タイトルの「かわうそ」です。これは、厚子をそのようにたとえる、あくまでも宅次の視点であって、夫である宅次にとっては、妻の厚子は自分の身も心ももてあそび続ける「かわうそ」なのでした。

その挙句の事態を示すのが、末尾文です。一見、情景描写のようでありながら、宅次の身に起こったことを暗示するのは、まさに宅次の視点から描かれているからであり、その暗転のきっかけを作ったのが厚子に他ならないからです。そして、この暗示は宅次がもはや闇から抜け出せない状態になったことまでにも及ぶでしょう。

その状態が宅次にとって、もしかしたら厚子にとっても、望ましいことだったとしたら、これほど恐ろしい結末はありません。本当に恐ろしいのは、そういう現実ではなく、その想像をさせられることのほうです。どこからか、厚子のいつもの明るく歌うような声が、悪魔の哄笑のように聞こえてきませんか。

庄治は坂の途中で立ち止り、指先でポケットの小銭を探した。（だらだら坂）

庄治という人物の二つの連続した行動を淡々と描いた、この一文。なぜ、これが「だらだら坂」という作品の末尾に据えられたのでしょうか。

たしかに、庄治はこの作品の主要人物ですし、坂という場所が出てくるのもタイトルにちなんではいます。しかし、物語は庄治とトミ子の関係を中心に展開してきたのでした。それが最後は庄治にだけ焦点が当てられることになってしまうのです。

一つめの「坂の途中で立ち止」るという行動は、庄治がこれまで一度もしなかったことでした。しかも、上りではなく下りの途中、つまりトミ子のマンションに向かうのではなく遠ざかる途中なのです。そして、「指先でポケットの小銭を探」すこと、その行動も以前はまったく描かれていません。どちらもこの作品で庄治が初めてとった行動です。

末尾文の直前に、「トミ子のマンションに寄らず、このままだらだら坂を下り、下の煙草屋で煙草を買って、タクシーを拾ってうちへ帰ろうか」という一文があり、合わせて最後の一段落を構成しています。この直前の文から、「指先でポケットの小銭を探した」のは、煙草を買うためだろうと見当が付きます。そして、煙草を買ってしまえば、そのままタクシーを拾ってうちへ帰ることになるのでしょう。それは、庄治がトミ子にもう会うことはないことを示唆しています。

これまでは、トミ子のマンションに寄る前に毎度、煙草を買うことが「庄治の遊蕩の、芝居の幕あき」でした。その同じ行動が末尾に記されたのは、正反対の「幕切れ」を意味するためとしか考えられません。そういう位置付けでなければ、うちに帰るのに、わざわざそこで煙草を買う必要はないのですから。

ただし、末尾の一文は、「幕切れ」という決定的な展開までを明示せず、含みを持たせています。以前の庄治なら、その煙草屋で煙草を買う時は、いつもお札を出してお釣りを貰っていました。末尾では、あえてそうせずに、ポケットに入っている小銭を探そうとしました。これは、一種の賭けだったのかもしれません。取り出した小銭が煙草代分あれば帰る、なければトミ子のマンションに寄る、という賭けです。とはいえ、寄ったところで、トミ子との先の見えている関係が今しばらくだらだらと続くだけでしょうけれど。

煙草代を払うのに、お札か小銭かで、ずいぶんとイメージも異なります。お札を出していた時の庄治には、女を囲っているという男の高揚と見栄があったのに対して、小銭を探すときの庄治には、しみったれた五十男のイメージしか浮かんできません。そういう男が女を囲うのは、そもそも不似合いだったというように。最後の場面中に出て来る「惜しいという気持半分、ほっとしたという気持半分が正直なところだった」という庄治の述懐は、まさにそのしみったれた五十男の素に他なりません。

「だらだら坂」が庄治という男の人生をも象徴しているとすれば、たとえだらだらとしたものであったとしても、上りの時はそれなりの希望と意欲があったでしょうが、ピークを越えて下る時となれば諦めと疲れを伴うものです。そのピークがトミ子を囲い、通うということでした。トミ子の変化に付き合いきれなくなった庄治は、ピークが過ぎたことを実感せざるをえなくなり、後は下るだけの人生になったのでした。

淡々とした描写ながら、この末尾文には、これだけの意味が込められているのです。

江口はゆっくりと水を飲んだ。（はめ殺し窓）

この作品の最後の段落は二文から成り、末尾文の直前に「二階のはめ殺し窓に目かくしをする代りに、とりあえず古くなったあの表札をはずして、下手でもいいから自分の字で書き直したものを掛けることにしよう」という一文があります。視点人物の男性の、思いと行動を示すという点で、「だらだら坂」と同じパターンです。

ただ、「だらだら坂」の場合は、庄治の思いにも行動にも、物語の内容との関わりがあったのですが、この「はめ殺し窓」の場合は、直接の関係は何もありません。末尾文に描かれたような、江口が水を飲むシーンはまったく出て来ないのです。

出て来るのは、江口の母親のタカに関してです。江口の回想の中に、「母はよく水を飲んだ。生水が好きで、大きなコップに溢れるほどのを、咽喉をのけぞらせて、音を立てて飲んでいた」とあります。このような豪快な飲み方と、江口の「ゆっくりと水を飲」むとでは、だいぶ違います。その違いこそが、この物語の機微となり、末尾に置かれた理由ともなります。

表札の件は、作品の冒頭に出て来ます。それは、家を手に入れた十五年前に、江口を引き立ててくれていた「能筆が自慢の重役が贈ってくれた大きな表札」でした。今では「雨風に晒されてささくれて、履き古しの下駄」のようにしか見えません。その表札と同様に、江口は閑職に廻されてしまったのでした。

ただ、このような仕事関係のことが物語の中心ではありません。中心は、閑職の余裕から改めて考えることになった、母親への、これまでの江口の思いです。「下手でもいいから自分の字で書き直したものを掛けることにしよう」という江口の決断は、単に重役との決別だけではなく、母親への思いとの決別も意味することになります。

江口はその上司に気に入られようと必死に働いてきました。母親に対しても、子供の頃からの恋慕の思いをひそかに抱き続けてきました。しかし、そのどちらも江口の思い込みにすぎなかったことにようやく気付かされたのです。

これまで、江口は忙しさのせいで、家で「ゆっくりと水を飲」む暇もなかったのでしょう。「ゆっくりと水を飲」むのは、自分自身の感覚で、その味を確かめてみようとしたからです。それは、ただ水の味だけではなく、今までの自分の生き方を確かめ、新たに生き直そうということでもあります。

この末尾文が物語の機微を表しているというのは、両親に発し、妻や娘にまで及ぶ江口の思い込みのさまざまを集約し、その一つながりを、「二階のはめ殺し窓に目かくしをする」ように封印するのではなく、受け入れるという点においてです。もちろん、それが本当に実現できるかどうかまでは描かれていませんから、江口の今後が変わるとは限りません。それでも、自分の思い込みに気付くだけでも、江口にとっては大きな出来事でした。

「江口はゆっくりと水を飲んだ」という末尾文は、単に江口の行動の事実を示しているのではありません。もしそれだけのことならば、尻切れの感じを拭えないでしょう。この一文が末尾文たる所以は、この作品全体をしめくくる意図が潜んでいるからです。その意図を読み取らせるようとするのが、急に思い付いたような、はめ殺し窓や表札に関する、末尾直前の一文です。その違和感こそが読み手を一つの方向に導いているのです。

ただの縁起かつぎかな、と思いながら半沢も負けずに肉にかぶりついた。（三枚肉）

この末尾文は、「二十五年前に『西洋見学』を返しに来て命を拾った多門は、今夜は何を返しに来たのだろう」という直前の一文とともに、最後の一段落を構成しています。「ただの縁起かつぎかな」と思ったのは、大学時代の友人の多門がおそらく初めて半沢宅を訪れたことに関してで、二人の会話のやりとりの中で、「おれ、借りてるものがなかったかな」や「おれ、お前のおかげで命拾いをしたからな」と、多門が話したことがふまえられています。かつて多門が自殺しようと思った時のことが、今回は来週、検査入院することと結び付けられるのです。「縁起かつぎ」に「ただの」という形容が伴うのは、多門が半沢に返すための何物も持って来なかったからでした。

作品後半は、半沢とその妻・幹子と多門の三人が一緒に酒を飲む場面です。そこに幹子が作った三枚肉の煮物が出ると、「幹子も多門も、大きい肉にとりついて、口を動か」すのでした。その様子を、半沢はたぶん箸もほとんど付けずに、何か異様なもののように見ているだけだったのでしょう。それが、最後の最後になって、意を決したように「かぶりつく」つまり「一口で食べようとするかのように、勢いよく食いつく」(新明解国語辞典第四版)のです。なぜ、そのようにしたのかが、この作品の末尾文の謎となります。

「三枚肉」という作品も、半沢という男性の視点から描かれていますから、最後が半沢に関する描写で終わるのは、それなりに首尾一貫しています。その半沢が「肉にかぶりつく」ようなタイプの人間あるいは生き方かというと、正反対です。

どちらかと言えば、牛と同様に草食系で、周りの目を気にして生きてきました。それなのに成り行きで部下の波津子と不倫をしてしまい、それが妻にバレやしないかとはらはらしています。その不安がり方は、発覚するのを恐れて、彼女を他の部署に異動させてしまうほどでした。

こんな小心翼々とした半沢ですから、肉に貪欲になるというのは、きわめて考えにくいことです。もちろん、女性関係についても。となると、末尾文の表す半沢の肉にかぶりつくという行動は、その場だけの勢いということになりそうです。

それでは、なぜ、勢いを付けなければならなかったのか。何において、多門や幹子に負けたくなかったのか。子供ではないので、単純な食い意地の張り合いということではありえません。あえて言えば、したたかに生きてゆく活力という点においてでしょうか。肉にかぶりつくぐらいの元気がなければ、老後を生き抜くことは容易ではありませんから。しかし、そういう前向きな、先々を見通すような終わり方は、この作品にはふさわしくありません。

じつは、半沢は、自分だけが取り残されるのを恐れたのです。多門と幹子の二人の間にあると半沢が思い込んでいる秘密が真実になりそうなのを恐れたのです。その恐れの気配を隠すには、知っているけれど知らない振りをするように、他の二人と同じように、あるいはそれ以上に見せかける行動をとるしかないのでした。

とはいえ、本著者と同じ名字だからというわけではなく、これからの半沢も変わりようがなく、小心のままのはずです。

ノックはまだ続いている。　（マンハッタン）

この末尾文、なんだかショートショートのように感じられませんか。この後、いつまでもいつまでもノックの音が続くような、もはやその音から逃れられないような…。しかも、ドアをノックしているのは、「見馴れない老人」であり、この「マンハッタン」という作品に初めて登場する人物なのです。いやでも、不気味な雰囲気が醸し出されます。

これまで見て来た作品と共通するのは、登場する男性の視点であるという点です。「マンハッタン」の場合は、妻に逃げられた無気力な睦男という男です。しかし、末尾文がその男性自身に直接、関わるものではないという点で、他の作品とは異なっています。しかも、誰かの行動として描いているのではなく、「ノックはまだ続いている」という一つの外的な状態として表しているのです。その音を耳にしているは睦男なのですが、それは背景に押しやられていて、ノックの音だけが読み手の耳に響いて来るように感じさせられます。

じつは、この作品は全体に、音がとても重要なモティーフになっています。その中心的な表れが「マンハッタン」というスナック名の音声です。睦男の中で、この「マンハッタン」という音声がしつこいくらいに繰り返されるのです。その理由について、「響きがいいからなのか、何でもいい、軀のなかで鳴るものが欲しかったのか」と睦男はいぶかしく思うのですが、そのスナックのママと親しくなるにつれ、「マンハッタン」の音声は盛大になり、やがて「ひと頃は烈しかった歓喜の大合唱も、此の頃は満ち足りたせいか落ちついたものにな」って、最後は絶えてしまいます。それと入れ替わるように聞こえて来たのが、エンドレスのノック音なのでした。

最後の場面よりも前に、一回だけノックの音が出てきます。ママとの約束を取り付けた夜、「あたりをはばかるような遠慮っぽい叩き方」のノックの音がして、「ママが立っていると思ったが、誰もいなかった。いざとなって、尻込みをしたらしい」と睦男は思います。その後の展開を知れば、それは睦男の勝手な思い込みと分かりますが、この場面まででは、読み手も、ママ以外の誰かを想定するのは無理というものでしょう。

そして、「マンハッタン」というスナックが突然閉じ、ママの消息が分からなくなったところで、睦男の恋もあっけなく終わったということにして、物語を結んでもよさそうです。ところが、この作品では、最後にもう一つの物語が仕込まれます。

ノックの音は、誰かの到来を告げるものです。睦男は最後の場面になっても、ママであることを期待したのですが、見事に裏切られました。その代わりに現れたのが、「見馴れない老人」です。しかも、「茶色く固くこわばっ」た顔をして、夜中というのに、「こうもり傘の直しはありませんか」と尋ねるのです。普通なら、怖くてしかたないでしょう。

これが一回きりの出来事なら、最後にわざわざ持ち出すことの、物語上の必然性はなにもありません。その老人が「二十年前にうちを出た、父親ではないか」、「あたりをはばかる遠慮っぽい――いつかの、てっきりママと思っていたあのノックは、そうすると父だったのか」と睦男が思い至った時、今度は、睦男と父親との、書かれることのない、おそらくは不可避で不運な物語が始まることになるのです。「ノックはまだ続いている」という末尾文は、当の物語の結末ではなく、新たな物語の開始を示すという、とても不思議な一文です。

人と人の間から、おやこ三人、折り重なるように眠りこけ、ずり落ちそうな不似合いなほど大きいカメラをしっかり押さえているカッちゃんの手が見えた。（犬小屋）

「犬小屋」という作品は、達子という女性の視点から描かれています。『思い出トランプ』の五番目になって、ようやく女性視点が登場します。ちなみに、全十三編のうち、女性視点は、この「犬小屋」をはじめとして「男眉」「りんごの皮」「花の名前」の四編しかなく、男性視点のほうが倍以上もあります。

男と女の視点を比べてみると、向田の場合、女性視点の作品はどうも辛辣になりがちのようです。この「犬小屋」でも、やや長めの末尾文における、達子の目から見た「おやこ三人」の描写は、決して温かなものではなく、冷ややかな、上から目線が感じられませんか。たしかに、電車内の人前で、「折り重なるように眠りこけ」、「ずり落ちそうな不似合いなほど大きいカメラをしっかり押さえている」という様子は、誰が見ても、あまり見栄えのいいものとは言えないでしょうけれど。

じつは、まったく同様の描写が、作品の冒頭にも、「首の骨が折れたようにつんのめって眠っていた」、「ただ一つ不似合いなのは、高価そうなカメラだが、それを押さえている男の手は、ペンを握る人のものではなく、からだを使って稼ぐ男の指に思えた」のように出て来ているのです。

このように、冒頭と末尾に繰り返し出て来るという事実は、作品の中間部で、カッちゃんとのエピソードが回想されるのですが、その回想の以前と以後とで、達子のカッちゃんをさげすむような見方にまるで変わりがないことを、読み手に強く印象付けることになります。「カッちゃん」という「ちゃん」付けの呼び方も、親しみを表しているのではなく、達子はそれ以外の呼び方を知らなかった、興味さえなかったからにすぎません。

カッちゃんとのエピソードの最後は、強姦未遂と訴えられても仕方のないものでしたから、女性にとって、その傷は何年経っても癒えることはないのかもしれません。ならば、たまたま電車内でその男を見かけてしまったら、とても冷静にしてはいられないでしょう。しかし、達子はなぜか、人込みにまぎれて、回想しながら観察し続けたのです。

こういう女性の心理は、いったいどこから生まれるのか。並みの男がおそるおそる推測してみるならば、一種の差別意識なのではないでしょうか。とはいえ、達子の実家が特別に裕福そうでも高貴そうでもなく、ごく普通のサラリーマン家庭のようです。いっぽう、カッちゃんも親戚の魚屋で真面目に働いていたのです。いくら昭和の時代であろうと、大昔の身分違いの関係というわけではありません。にもかかわらず、達子は、自分に気があるような気配を感じて以来、あたかも身分違いであるかのように、カッちゃんを相手にしなくなったのでした。その思いは、十年近く経っても変わらないままです。

末尾文は、カッちゃん親子の様子そのものを描くのが目的ではありません。それを通して残酷なまでに生々しく透けて見えて来るのは、カッちゃん親子と自分の家族を比べて、当時の自分の意識・行動、その後の人生の選択が決して間違ってはいなかったこと、そしてその結果としての現在の幸福があることを、満足感とともに再確認しようとしている達子の心理のありようです。

麻は、ネクタイをほどきながら茶の間へ入ってゆく夫を突きとばすようにして先に飛び込むと、掘りごたつの上に置いてある手鏡と毛抜きをあわてて隠した。（男眉）

この一文だけからでも、麻という女性が夫の帰りを待って起きていたこと、その間に手鏡に映しながら、自分の顔のどこかの毛を抜いていたことがうかがえます。顔のどこかとは、タイトルからも察せられるように、眉毛です。「あわてて隠した」のは、もちろん夫にそのことを知られたくなかったからですが、いったいなぜでしょうか。

「男眉」というのは、辞書（日本国語大辞典第二版）では、「女が男のように装って作った眉」とありますが、この作品での、麻の祖母の説明によると、「ほうって置くとつながってしまう濃い眉」のことで、男女どちらにも当てはまる、生まれ付きのもののようです。そして、女性が男眉だと、「亭主運がよくない」とされ、麻は子供の頃、祖母に眉間の毛を抜いてもらっていたのでした。

女性にとって、容貌に関わるコンプレックスは、人生を左右するほど重大でしょう。この「男眉」という作品は、そういう女性のコンプレックスそのもののありようを描いたものと言えます。とくに麻の場合は、男眉の対極の、「素直で人に可愛がられる」相の「地蔵眉」に生まれた妹とずっと比べられてきたのですから、そのコンプレックスも半端ではありません。

しかし、です。では、麻が不幸な境遇にあるかと言えば、そんなことはないのです。年頃に人並みの見合い結婚をして二十年、子どもは出来ませんでしたが、はたから見れば、どこにでもありそうな、ごく普通の夫婦です。少なくとも、夫が暴力的であるとか、浮気をしているとかは、まったく描かれていません。つまり、麻が男眉に生まれ付いたからといって、亭主運が良くなかったということにはならないのです。

じつは、麻の母親も男眉でした。父親は道楽者ということになっていますが、娘も二人生まれ、とくに家庭が破綻するような出来事もなかったようですから、両親を見て、麻が不安を覚えるような事情もありません。

それでも、一旦植え付けられてしまったコンプレックスは、麻を縛り続けます。夫に

「曲がない」と言われた性格も、男眉のせいにしてしまうほどです。そして、男眉でさえなければという気持が、麻を、眉毛を抜き続けることに駆り立てるのです。最後の場面には、「抜いても抜いても、麻の眉は、男にうとんじられる男眉なのだろう」という一文もありますから、諦めているにもかかわらず、ほとんど病的なこだわりになっています。

それにしても、くどいようですが、見るからに相思相愛の夫婦とまでは言えないものの、麻が夫に、いかにもうとんじられるような様子は見られません。それに対して、麻のほうは、末尾文に「夫を突きとばすようにして」という表現があるように、夫に向かって、つい邪険な、曲のない態度をとってしまうのです。

「女は愛嬌」という俗諺があります。今時なら、セクハラと非難されそうですが、男勝りと思われるよりは、可愛く見られたいという潜在的な願望が、女性にはあるのではないでしょうか。容貌に関わるコンプレックスがあればなおさらで、その願望が強いほど、実行できないジレンマが募ることになります。そんな様子を見せる女性だからこそ可愛いと思って、優しく対応することは、残念ながら、麻の夫には期待できないようです。

空を見上げて、昼の月が出ていたら戻ろうと思い、見上げようとして、もし出ていなかったらと不安になって、汗ばむのもかまわず歩き続けた。　（大根の月）

この末尾文の主語は、英子です。久しぶりに会った、別居中の夫・秀一に「戻ってくれ」と頼まれて、別れた後の行動です。昼の月が出ているかどうかに賭けようと思ったのは、二人の結婚前の、英子が「一番幸せ」だと感じた時に、たまたま目にしたのが昼の月だったからです。その賭けで、「昼の月が出ていたら戻ろうと思」うのは、分かります。分からないのは、「もし月が出ていなかったらと不安にな」るほうです。

不安になるとすれば、それは、英子がどのみち戻りたいと思っているからとなりそうです。これでは、賭けはそもそも成り立ちません。それでも、賭けになるとしたら、いつ戻るかというタイミングに関してでしょうか。昼の月が出ていたら、すぐにでも戻る、出ていなかったら、しばらく見送る、です。しかし、結局、空を見上げることなく、「汗ばむのもかまわず歩き続けた」というところでこの作品は終わるので、賭けそのものが有耶無恥になってしまいます。

このようなためらいの原因は、末尾文直前の「一番大切なものも、一番おぞましいものもあるあの場所である」という一文にあります。その場所とは、家庭であり家族です。英子を幸せにしてくれたのも、不幸せに落としたのも、自らが妻として母親として、そして嫁として営んできた家庭であり、家族なのでした。

「犬小屋」の達子、「男眉」の麻に比べると、「昼の月」の英子は、別居から離婚までが想定されるという点で、深刻な事態にあります。夫とはともかく、息子や姑との関係では、家庭を離れざるをえないほどの事情がありました。そして、離婚を前提に家を出て、新しい仕事を見付け、一人暮らしの生活にも慣れ始めたところでした。

この作品が書かれた昭和五十年代は、家庭・家族とは何かが問題視されるようになった頃でした。向田はそれをテーマとしたテレビドラマのシナリオ作家として、当時、絶大な人気を誇っていました。そういう状況でしたから、英子もまだ家庭や家族というものに未練を残していたのです。

では、末尾文の「汗ばむのもかまわず歩き続けた」からは、英子のどのような今後が想像されるでしょうか。この時点で、戻りたいという英子の気持に嘘はなかったと思われますが、「歩き続けた」のはもちろん一人でであり、それはその日だけのことではなく、それ以降のことも含まれていると読み取ることができそうです。つまり、気持はともかく、現実には元の家庭に戻ることなく、一人で生きてゆくのではないかということです。

「汗ばむのもかまわず」という修飾表現があるのも、「よく晴れた昼下がり」だったからだけではなく、新たな生き方になるかもしれない自らの選択に伴う緊張のせいでしょう。何かを捨て去るには、勇気が必要ですし、その責めを負うことになりますから。

英子にとって、家庭にある「一番大切なもの」と「一番おぞましいもの」とを秤にかけたとき、もはや後者に対する拒否感のほうがまさっていたということになります。そうして、家庭を捨てて女一人生きてゆく不安と迷い、にもかかわらずその自由をあえて選ぼうとする覚悟と勇気。「大根の月」の末尾文は、その両方を鮮やかに描き出しています。

時子はそれからゆっくりとりんごの皮を噛んだ。（りんごの皮）

女性視点の「犬小屋」「男眉」「大根の月」と読み進めてきて、その究極とも言えるのが、この「りんごの皮」です。究極というのは、女性と家庭との関係においてです。前三編の女性は結婚して家庭を営む立場にありましたが、「りんごの皮」の視点人物である時子は、結婚を選ぶことなく、家庭とは無縁に生きてきたのです。それがはたして幸せだったか否かをみずから問うのが、この作品のテーマになっています。

「時子はそれからゆっくりとりんごの皮を噛んだ」という末尾文は、あきらかに異様です。りんごの実ではなく皮を噛むのですから。作品最後の段落は、末尾文の前に「時子は、りんごの皮を口からぶら下げ、窓の外に向って、りんごの実をほうり投げた。裸のりんごは、うす墨の闇の中で白い匂いの抛物線を描き、思ったより遠くに飛んで消えた」という二文が先行しています。

これら全体からは、異様という以上の、ある種の狂気さえも感じられるでしょう。その意味では、『思い出トランプ』の中で、「かわうそ」と並んで、とても怖いエンディングです。テレビドラマならば、りんごの皮を口から垂らしながら、呆けたような表情の時子の顔のアップがラストカットとなりそうです。

末尾文にある「ゆっくりと」という副詞は、「はめ殺し窓」の末尾文「江口はゆっくりと水を飲んだ」にも出て来ました。作品の結末にあたって、焦点となる人物がゆっくりとした動作をすることに、格別の意味合いが込められているということです。「はめ殺し窓」では、「ゆっくりと水を飲」みながら、江口が過去に囚われてきた自分を顧みるように、「りんごの皮」の時子もまた、「ゆっくりとりんごの皮を噛」みながら、自分の人生をまさに「りんごの皮」のように、実のないものだったと思い返すのでした。

そのように思い返すことになったきっかけは、退屈で平凡ながらも堅実な家庭生活に根を下ろした、まさに実のある、弟・菊男の生き方を目の当たりにしたことでした。それに比べて、時子は、独身であることによる自由と享楽を手に入れてきたはずの自分の人生に、何一つ確かなものがないということに思い至らざるをえませんでした。と同時に、今さらそういう生き方を変えられないであろうことにも。

しかし、放り投げたのは、りんごの実であって、時子の身ではありません。最後の場面は狂気をはらむような状況ですが、そのまま人生に絶望する行動に走るとは思えません。「りんごの皮を噛」むという行動は、最後に示されるものだからこそ、文字通りの意味を表すだけではなく、りんごの皮のような人生であったとしても、それを噛みしめる、味わうということも含意しています。そのようにして、時子はこれまで同様に、たとえ弟に非難がましい目で見られようとも、しぶとく生きてゆくに違いありません。

ちなみに、この作品を、向田の実人生と結び付けようとする見方もありますが、どんなものでしょうか。たしかに、向田も亡くなるまで独身を通しましたし、時子のような心境に及んだことがあったことを否定するものでもありません。しかし、あくまでも作者は作者、作品は作品です。それでも、あえてこの作品を作家としての向田に結び付けて深読みすれば、末尾文は「虚実皮膜」つまり、虚（フィクション）と実（ノンフィクション）の間にこそ芸術の真実があるという考えを示している、とは言えないでしょうか。

この店にはもうひとつ、捨てなくてはならないものがある。（酸っぱい家族）

『思い出トランプ』の中で、もっとも思わせぶりな終わり方が、この「酸っぱい家族」です。最後の最後に出て来る「もうひとつ、捨てなくてはならないもの」とはいったい何なのか、いやでも興味がそそられます。

この作品の冒頭と末尾に持ち出される「捨てなくてはならないもの」は、死んだ鸚鵡です。その始末に困った九鬼本は、「ゆきつけの銀座のバー」に持って行き、マダムに任せることにして、末尾文となります。「もうひとつ」というのは、鸚鵡以外の「もうひとつ」ということであり、鸚鵡同様に、そのバーのマダムに始末を任せるのだとしたら、何か目に見える物と思うのは、自然の成り行きでしょう。それがどこにも見当たらないのです。

唯一手掛かりになりそうなのが、この作品の中間に位置する、九鬼本の回想場面を導く「捨てよう、捨てなくてはならないと思いながら、もう一息の度胸がなく、ずるずるに延ばして持って歩いている。この気持は、覚えがあった」という表現です。

九鬼本がかつて「捨てよう、捨てなくてはならないと思」っていたのは、物ではなく人でした。彼が担当した仕事の取引相手である陣内の娘・京子のことです。あたかも請負の見返りのように陣内から差し出された娘と関係を持つことになったのですが、九鬼本は別の会社に移ることになった時、その関係を清算しようとしました。しかし、「もう一息の度胸がな」いせいで、本人になかなか切り出せずにいたところ、それを察した陣内は、九鬼本に何も言わせずに笑って送り出したのです。当然、京子とのつながりも切れたことになったはず、でした。

ここまでの回想が終わるとすぐ、作品最後の現在場面に戻るのです。末尾文での「捨てなくてはならない」という表現の反復は、否応なくその回想と結び付けられることになります。とすれば、想定される「もうひとつ」とは、物ではなく、京子という女性しかいません。これはいったいどういうことでしょうか。

考えられるとしたら、その後も京子との関係は続いていたということです。そして、京子は今や九鬼本ゆきつけの銀座のバーのマダムになっていたということです。つまり、

「ずるずるに延ばして持って歩いていい」たのは、回想された過去においてだけではなく、現在にまで及んでいることになります。「この気持は、覚えがあった」どころではありませんし、「もうひとつ、捨てなくてはならないものがある」なんて、どこか他人事のような物言いをして、話を終わらせる場合でもありません。

向田はなぜこのような人物、このような物語を描いたのでしょうか。ここまで取り上げてきた男性視点の作品「かわうそ」「だらだら坂」「はめ殺し窓」「三枚肉」「マンハッタン」に共通しているのは、女性がどこまでも強くたくましいのに対して、男性はどうしようもないほど情けなくみっともないという点です。向田はそういう男性像を好んで描いた節があります。しかし、それは決して男性をバカにしているからではなく、むしろ慈母のごとき目で愛おしんでいるからのように思われます。

「もうひとつ、捨てなくてはならないものがある」などと、まるで男の意思でどうにでもなるような強がりを見せても、結局は女に委ねてしまう、救いようもない、男の愚かしさが、この末尾文から他人事ならず、ひしひしと感じられます。

そのあと、なんと続けるか、水枕でしびれた頭は、歳月と一緒にことばも凍りついてしまった。（耳）

この末尾文に出て来る「頭」の持ち主は、楠という中年男性です。妻と一男一女のある、ごく平凡な家庭を持つサラリーマンで、風邪気味を理由に会社を休むことも気にするタイプです。その日は、家族が出払った家で、一人、水枕に頭を当てて横になっています。

末尾文冒頭の「そのあと、なんと続けるか」とは、遠く離れて暮らす弟・真二郎との会話のやりとりを想定して、二人が小さい頃、「隣りの家に住んでいた、耳から赤い絹糸を垂らした女の子のはなし」をしたあと、ということです。「歳月と一緒にことばも凍りついてしまった」原因を、頭が「水枕でしびれた」ことにしていますが、「凍りついてしまった」のが「ことば」だけではなく、「歳月も一緒」なのですから、それは過去の記憶を封じ込めようとする楠の無意識の意図が働いたことを意味しています。とすれば、真二郎に久しぶりに会うことを思い付きはしたものの、肝心な話はしないで終わることになるでしょう。末尾文はそのような展開を予想させます。

『思い出トランプ』には、夫婦を中心とした男女関係のさまざまなありようが取り上げられていますが、この「耳」という作品ではそれがメインにはなっていません。妻や母親、隣家の女の子は登場するものの、彼女らとの関係が重要な役割を担うわけではないのです。楠との関係として表立っているのは弟であり、それが末尾文にも示されています。

楠は、子供の頃、弟の耳の中にマッチの火を入れて、片耳を難聴にさせてしまった、そのせいで、弟の人生に悪い影響を与えてしまった、と思い込んできました。それに関わる記憶は、隣家の女の子とのことも混じりあい、定かではありません。事実は、弟が難聴になったことと、隣家の女の子がその後すぐ引っ越したことだけです。

楠は、両親にその真相を問いただすこともなく、思い込みによる中途半端な負い目を心のうちに抱えながら生きてきました。弟と不仲とは言えなくても疎遠な関係にあったのも、その負い目のなせるわざです。かりに楠の一人よがりだったとしても、それを弟に告げて詫びることによって、仲を修復するということも考えられますが、楠にはその勇気もなく、屈託するばかりです。

　末尾文の「ことばも凍りついてしまった」、その「ことば」の中には、そのような詫びも含まれていたのではないでしょうか。楠が知らない真相を弟が知るはずもありませんから、兄弟関係に問題があるとすれば、一方的に楠のほうにあります。しかし、「凍りついてしまった」ものがいつか溶けるという見込みはなさそうです。

『思い出トランプ』の中で兄弟（姉妹）関係が出て来るのは、他に、「男眉」の姉妹、「りんごの皮」の姉弟があります。これらと「耳」の兄弟と共通しているのは、なぜか姉・兄という年上の者が一方的に年下の妹・弟に対してコンプレックスを持ち、それに振り回されてしまうという点です。これが、兄弟（姉妹）関係一般に当てはまるかというと、何とも言えません。

　向田も長女でした。しかもいたって面倒見の良い姉でしたから、弟や妹に対して同じようなコンプレックスがあったとは考えにくいことですが、はたしてどうだったのでしょうか。まあ、損な役回りくらいに感じることはあったかもしれませんが…。

隣りから、テレビの「君が代」が流れて来た。（花の名前）

「君が代」とは、言うまでもなく日本の国歌です。それがテレビから流れて来たのは、皇室行事関係の中継があったからではなく、ＮＨＫが一日の放送の最後に流す演奏です。「君が代」を耳にしているのは、常子という女性です。結婚して二十五年、夫もそれなりに出世し、息子も娘も大学生になっています。家族はそれぞれ夜遅くまで外にいて、常子は一人、家で皆の帰りを待つという専業主婦の暮らしをしています。

隣家のテレビ音がそれほど大きいはずはありませんから、それでも聞こえるというのは、家に他には誰もいないため、おのずと耳に入るということでしょう。

それが「君が代」であるというのは、事実としてそうだというだけではありません。国歌として制定された「君が代」の「君」は、天皇を指していますが、この作品に天皇は何の関係もありません。関係があるとすれば、比喩としてです。常子にとっての「君」という存在は、夫の松男以外にありません。つまり、「君が代」とは、この家族あるいはこの夫婦を支配する松男の時代ということです。

これは単なるこじつけではありません。末尾文は、その直前の「花の名前。そうがどうした。女の名前。それがどうした。夫の背中は、そう言っていた。女の物差は二十五年たっても変わらないが、男の目盛りは大きくなる」から導かれています。この展開からは、夫のことを「君が代」の「君」と重ね合わせようとする意図が明らかです。作品冒頭の場面に出て来る「君が代」は、状況描写の一つにすぎませんが、末尾文がそれを布石として繰り返すことによって、作品にとってきわめて重要な意味を含むことになるのです。

それにしても、この、夫に対する妻あるいは男に対する女の敗北宣言とも言えそうな末尾文が、大方の読み手にすんなり受け入れられるとは思えません。これは、あくまでも、常子と松男という個別の夫婦関係の歴史からもたらされた、常子の感慨です。その歴史とは、じつは家庭内では常子が松男を支配し続けてきたという歴史です。

物を知らず、世情に疎かった、若かりし頃の松男は、常子に教えを乞うという謙虚さを持ち合わせていました。常子はその謙虚さにほだされて結婚し、「花の名前」をはじめとして、日常の細々したことまでをいちいち教える立場で松男に接してきました。松男もその成果が出ると、「お前のおかげで、人間らしくなれた」と素直に感謝してきたのです。

そして、二十五年。女の物差が変わらないというのは、常子は夫とは同じ関係のままであり、夫のことは何でも分かっていると思い込んでいたことを表しています。実際、家の中ではそのとおりでしたから。

ところが、たまたま夫に女がいたことが露見し、しかもそれを夫もしぶしぶ認めたことで、これまでのことがすべて自分の思い込みにすぎなかったと思い知らされるのです。その意味で、末尾文は、夫に対するというよりは、自分の思い込みに対する敗北宣言と言えるでしょう。

だからといって、この夫婦の関係が今後、変わることはなさそうです。むしろ、歳とともに、少なくとも家庭内では、常子が夫への支配力をさらに強める可能性だって十分にありますよね。

おぞましさとなつかしさが一緒にきて、塩沢は絶えかけていた香をくべ、新しい線香に火をつけた。

（ダウト）

『思い出トランプ』の最後に位置する「ダウト」という作品も、「耳」と同じく、男女関係を取り上げたものではありません。テーマは、父親と息子の関係です。末尾文は、息子である塩沢が亡くなったばかりの父親の祭壇に線香をあげるさまを描いています。

「おぞましさとなつかしさ」というのは、亡き父親に対する息子としての思いです。二つの感情が並列で表現されていますが、父親が生きている間は、「おぞましさ」とつながるマイナスの感情のほうが勝っていました。それが、亡くなって初めて「なつかしさ」を伴うようになったのです。そう思えたのは、まったく異なるタイプと思っていた父親と、じつは似ているところがあると気付いたからでした。それによって、長らく疎遠な関係にあった（と塩沢が思い込んでいた）父親とやっと和解できたような気がしたのです。

その気付きのきっかけは、「死ぬ間際に父の吐いたはらわたの匂い」を嗅いだことでした。その腐臭を「そのまま俺の匂いだ」と思い、それが比喩的には、高潔な父親にも、自分と同様の人間的な汚点があったことを表しています。そのうえで「新しい線香に火をつけた」のは、「なつかしさ」から生じた、心からの供養の気持でもあり、「おぞましさ」を受け入れ、自らも放っているかもしれない腐臭を消そうとするためでもありました。

この「おぞましさ」と「なつかしさ」という言葉は、作品の冒頭場面にも出て来ます。父親の最期を看取るために病室にいた塩沢は、父親の口から発する匂いに気付きました。その時、「親の匂いなら、うとましさのなかに懐かしさを見つけ出してこらえ受けとめてやるのが、父子の情というものであろう」と頭では分かっていながらも、「人はこういうおぞましいものを吐き出さなくては死ねないものなのであろうか」というほど耐えがたいものであり、思わず病室を離れるほどでした。

この作品で、実際の匂いが描写されているのは、この死に際の父親に関してのみです。それが取り立てられるのは、予想外の腐臭だったからであり、それ以前の父親からは、「枯淡の人」と見られるように、体臭そのものがほとんど感じられなかったからです。いっぽう、塩沢に関する「嫌な匂い」はすべて比喩であり、「人間的にもよく出来た人」と評価される陰でとってきた、小さいながらも非道徳的な行動の数々を表しています。

したがって、匂いにおける、この二人の接点・共通性を見出すとすれば、それは実際の体臭としてではなく、比喩的な意味での人間的な匂い＝汚点ということになります。それが、作品の最後に回想された、塩沢が子供の頃の父親の、教師にはあるまじきキセル乗車のエピソードでした。

このエピソードが最後の最後に出て来るのはいささか唐突であり、また、匂いつながりとして結び付けるのにも強引さが感じられなくもありません。しかし、強引だったのは塩沢の思いでした。父親の死に際して、何が何でも父親との関係に折り合いを付けて、心穏やかに見送りたかったのです。そのためには、タイトルにもなっている「ダウト」状態を解消しなければならず、無理にでも父親とのつながりを探し出す必要がありました。

その結果、「おぞましさとなつかしさが一緒に来」たのです。塩沢は、父親とおぞましさを共有しえたことにより、やっと父親がなつかしく感じられたのでした。

守は、もう一度そっと鮒を突ついて水の中に沈めてやると、

「ワン！」

犬の吠えるまねをした。

（鮒）


『思い出トランプ』に続く連作短編小説として始まった『男《お》どき女《め》どき』は、「鮒」という作品を振り出しに、「ビリケン」「三角波」「嘘つき卵」と、四編まで書き次がれたところで、向田の飛行機事故死により、中断してしまいました。

最初の作品「鮒」の末尾文に出て来る「守」は、十一歳の男の子です。末尾文に子供が登場するのは、『思い出トランプ』にも『男どき女どき』にも他に見当たらないという点で、異色の終わり方になっています。この作品の視点人物は、塩村という四十代の男性であり、守はその長男であって、いわば脇役です。

末尾文に描かれた、守の二つの行動すなわち「もう一度そっと鮒を突ついて水の中に沈め」ることと、「犬の吠えるまねを」することとは、直接のつながりがありません。前者

は、水槽の鮒が死んでいることを確認するための、後者は母親からの「ねえ、パパとどこへ行ったの」という質問に答えるための行動でした。両者をつなげるとすれば、どちらの行動も、母親の相手をしたくないという守の気持の表れということです。実際、この末尾文の直前でも、母親が同じ質問をしたのに対して、「守は黙って水の中に手を入れて、鮒を突っついた」とありますから。

守がそうする理由は、二つ考えられます。一つは、よりによって守の不在中に、可愛がっていた鮒が死んでしまったことに腹を立てていることです。「ママ、洗剤かなんか入れたんじゃないの」と、根拠もなしに母親を責めるような言い方をしたくらいです。もう一つは、そんな気持の時に、話題をそらすかのように、鮒の死とは何の関係もないことを聞かれたことです。それは、あたかも守が父親について外出していたのが悪いと言われているようなものです。

それにしても、守はなぜ、「ワン！」と「犬の吠えるまね」をしたのでしょうか。犬のように、その場所がどこか分からないし言葉にできないということかもしれません。とはいえ、そのうち守の気持が落ち着いたら、ちゃんと答えるかといえば、おそらく答えないでしょう。それは、鮒にまつわるエピソードが、塩村と守の二人だけの秘密になるということです。それこそが、この末尾文に示されたことの意味です。

「ダウト」という作品の最後のエピソードが思い合わされます。父親と魚釣りに行った帰りに、父親がキセル乗車したことを、子供だった塩沢は誰にも言わず、二人だけの秘密にしていました。しかし父親は疑いを持ち、長らく二人の間に距離を置くことになってしまったのでした。「鮒」の父子の今後についても、おそらくは塩村しだいでしょう。

また、塩村とツユ子という女性との関係については、「だらだら坂」の庄治とトミ子との関係が重ね合わされます。ツユ子とトミ子では外見は異なるものの、男をくつろがせてくれるという点で共通していますし、どちらもなぜかシンガポールに旅行に行った後で別れることになるというのは、単なる偶然の一致でしょうか。

ともあれ、「鮒」という作品は、その末尾文が視点人物以外の行動を描くという点において、以前とは異なる、新たな局面を見せる終わり方になっていると言えます。

「ああ」
とうめいて、痛そうに顔をしかめた。

（ビリケン）

この「ビリケン」の末尾文は、「鮒」よりもさらに新しい様相を見せています。「顔をしかめた」のは、作品最後の場面になって初めて、ちょっとだけ出て来る、小料理屋の雇われママです。直前に、「カウンターの女は、歯の洞の神経に爪楊枝が触れたらしい」という一文があり、「顔をしかめた」理由が分かります。その小料理屋に、視点人物である石黒が、近くの果物屋の、今は亡き主人の跡を継いだ息子を飲みに誘ったのでした。

末尾文としての新しい様相とは、物語の筋や主要人物とはほとんど関係のない人物の行動を描写しているという点です。その女の様子をカウンター越しに見たのは石黒ですが、その時の石黒は果物屋の息子から意外な話を聞いて、呆気にとられていたのでした。その石黒の心境を直接描くのではなく、女の様子を通して間接的に示して作品を終わらせているのです。つまり、石黒が見聞きした、その時の女の顔の表情も「ああ」という嘆息も、そのまま石黒のものだったということです。その意味で、より手の込んだ終わり方になっているると言えます。

果物屋の息子の語った話とは、父親が石黒にあだ名を付けて、その行動を日記に記していたということです。それが意外だったのは、相手にあだ名を付けていたのは、自分のほうだけだと石黒は思っていたからです。果物屋に対する「ビリケン」と石黒に対する「クイナ」、どちらのあだ名も決して好意的とは言いがたいながらも、あだ名を通して、お互いがお互いを意識し合っていたということになります。

ところで、果物屋の息子は、父親の日記にあった「今朝もまたクイナが通った」という記述から、どうしてそのあだ名が石黒を表すと気付いたのでしょうか。息子が石黒のことを知るのは、父親が亡くなってからなのです。また、「ビリケンは、俺を忘れていた。日記にも書いていないのか」という石黒の内なる思いに答えるように続く「いや、日記には書いてありました」という息子の発言も、やや不自然に感じられます。

このような、作品最後の場面での短兵急とも言える描写は、その後の石黒の呆然感との落差を印象付けるためだったのかもしれません。石黒の呆然感は、単に互いを陰であだ名で呼び合っていたことにとどまらず、万引という、自分の暗い過去を果物屋の主人が知っているというのも一方的な思い過ごしだったことに気付かされたことによります。その思い過ごしのせいで、石黒はわざわざ離れた土地にマンションを買い求めようとするところまで追い詰められていたのですから、呆然となるのも無理ありません。

末尾にある「歯の洞の神経に爪楊枝が触れた」というのは、果物屋の息子の言葉＝「爪楊枝」が石黒の思い過ごし＝「歯の洞の神経」に触れたということです。そして、「ああ」といううめきは、クイナのように、石黒がセカセカとその思いを進めて一人苦しんできたこと、それがすべて一人よがりだったことに結び付きます。

最後の場面で、たまたま入った店の状況描写として、ママが歯を爪楊枝でせせっているところから、爪楊枝が神経に触れて痛がるところまでを、ごく自然に描いてみせながら、じつはそれらが石黒のその時の行動や心境を映し出しているという末尾文なのでした。

勝手口から、威勢のいい牛乳屋の声がした。（三角波）

この末尾文の直前にあるのは、牛乳屋の「すみません。今日から牛乳二本だったですね。入れ忘れたんで遅くなったけど入れときます。明日の朝からちゃんとやりますから」という言葉です。この牛乳屋は「三角波」という作品の最後にだけ登場し、物語とのからみはありません。視点人物以外の人物の行動を描いているという点では、「ビリケン」という作品の末尾文と共通しています。しかし、その描写が視点人物のその時の気持を映し出しているかといえば、牛乳屋の威勢の良さとはむしろ正反対です。

「三角波」の視点人物は、巻子という女性です。巻子は会社の同僚の達夫と結婚し、二人は新婚旅行から帰って新居で最初の一夜を過ごしました。その翌朝が、作品最後の場面となります。雨戸を開けると、新居の庭に波多野という達夫の部下が佇んでいました。てっきり自分に気があると思い込んでいた男でしたから、巻子は、当然、自分に会いたくて来たと思ったはずです。ところが、彼の目線の方向から、「波多野が愛したのは、巻子ではなく、達夫だった」ことに気付いてしまったのです。いわゆる同性愛でした。ただし、その関係は波多野からの一方的なものであり、性的な関係にまでは及んでいなかったようですが。

同性愛は、今ならばともかく、昭和の時代にはまだまだ公けに認められるものではありませんでした。巻子が予想だにしなかったのも、無理ありませんし、達夫にしても、波多野の気持にうすうす気付いてはいても、それ以上のことは思いもしなかったでしょう。そういう関係・状況を、向田はいち早くこの作品で取り上げたのであり、シナリオも含め、向田作品の中でも唯一と言えます。

庭から波多野が去ったあと、「三角波」に関する会話のやりとりがあります。「三角波」がこの三人の関係をたとえたものであることは、作品冒頭からの三羽の鳩の様子の描写や「波多野」という名字の漢字とも重ね合わさって、すぐに結び付けられます。そして、「三角波が立つと、船は必ず沈むのかしら」という巻子の問いに、「沈むとは限らないさ。やり過してなんとか助かる船もあるんじゃないか」と達夫が答え、それを受け入れるか否か、巻子がためらっているところで、末尾部分の牛乳屋の登場となります。

その「威勢のいい声」からすれば、牛乳屋は波多野と同じく若い男性でしょう。そして、「すみません。今日から牛乳二本だったですね。入れ忘れたんで遅くなったけど入れときます。明日の朝からちゃんとやりますから」という言葉は、あたかも波多野の代弁をするかのように受け取れます。つまり、達夫の結婚という現実を受け入れ、達夫を諦めて、新しい人生を歩んでゆくという波多野の宣言として、巻子の耳に入るようにし、結婚生活を後押しするようにしたということです。そのように捉えなければ、作品のしめくくりとしては、あらずもがなの、取って付けたような科白になってしまいます。

では、それがなぜ、よりによって牛乳屋だったのでしょうか。当時、瓶入り牛乳の各戸配達はごく普通のことでしたし、新聞などとは違い、たいていは家族の人数分の本数が届けられました。「今日から牛乳二本だったですね」というのは、今日から新しい夫婦二人の暮らしが始まるということを、あらためて確認させる働きをしていると言えます。

もうすこしで涙がこぼれそうになった。（嘘つき卵）

この末尾文だけでは、状況がまったく分かりませんね。直前には、「「あなた」（改行）あとの言葉がつづかなかった」とあります。これは、視点人物の佐知子が夫の松夫に、妊娠したことを知らせる電話を掛けた場面です。

結婚して五年目でようやく身籠ったのですから、メデタシメデタシという物語の結末と言えるでしょう。佐知子が言葉も出ないまま、「もうすこしで涙がこぼれそうになった」のも、感極まってと素直に受け取ることができます。

ところが、どっこい。話はそう単純ではありません。夫はその知らせを能天気に喜ぶでしょうが、佐知子は自分だけの秘密を抱えたうえでの妊娠だったのです。「あとの言葉がつづかなかった」のも、「もうすこしで涙がこぼれそうになった」のも、その秘密があったからこそであり、単に妊娠に感激したからというわけではありませんでした。

とはいえ、不倫の子というわけではなく、間違いなく夫婦の間に出来た子供なのですが、要は身籠る女の気持の問題です。それまでの佐知子は、タイトルの「嘘つき卵」よろしく、正常な体でありながら子どもが出来ないのは、子どもを成すだけの気持が伴っていないせいだと思っていたのでした。その気持とは、夫に対して、「取り立てて不満はなかったが、燃えたとか疼いたとかいうものを味わうことはなかった」ということです。実際に、そういうことがあるのかどうか、寡聞にして知りませんが、佐知子にとっては、夫婦ともに体に問題がないのだとすれば、不妊の理由として他に思い当たることがなかったのです。

そんなある日、松夫が結婚前に妊娠させたことがあるらしいママのいるスナックに行って、真相を確かめようとした時、佐知子はたまたま一人のカメラマンと出会います。その男に写真を撮られ、翌週、写真を渡すことを理由に、会うことを約束させられてしまいます。そして約束どおりに同じスナックに出向いた帰りに、いきなりラブ・ホテルに誘われるのですが、佐知子はあわてて逃げ帰り、そのカメラマンとの関係もそれっきりになります。これでは、行きずりの恋とさえ言えません。

妊娠したことに気付いたのは、その一ケ月後のことでした。その時、「佐知子はあの男の子供のような気がした。手も握ったこともないのだが、そんな気が」したのです。あくまでも、そんな気がした、であって、理屈でも何でもありません。そもそも、事があったとしても一ケ月で妊娠したことが分かるはずもありません。それでも、佐知子にそう思わせたのは、夫には感じたことのなかった、まさに「燃えたとか疼いたとかいうもの」を、その男に感じたからです。そうでなければ、わざわざ再度、会いに行くことなど、ありえなかったでしょう。

そうしてこの作品は、男から受け取った、夫には一度も見せたことのない表情をした自分の顔が映った写真の始末の仕方を考えながら、佐知子が松夫に電話をかけるという最後の場面を迎えます。「写真は多分捨てないだろうと思った。勿論、夫には言わない。死ぬまで言わない。今まで通り下着の抽斗の、一番下にしまっておく」と心に決めつつ、佐知子は松夫に向かって、「あなた」と、いかにも円満な夫婦らしく呼び掛けるのです。

夫の松夫にとっては、「知らぬが仏」というところでしょうか。対する妻の佐知子の心は、さしずめ「阿修羅のごとく」と言えそうです。

しかし、信号が青にかわり、二つの車はどんどん離れて遠くなっていった。（隣りの女）

この末尾文の描写の視点は、「二つの車」のうちの後ろに位置するバスに乗っている時沢サチ子にあります。先行する車はオートバイで、その後部シートには「男の腰につかまって笑っている」峰子が乗っていました。「隣りの女」という作品は、アパートで隣り同士だったこの二人の女性の生き方を対比的に描いたものです。

最後の段落は、「ひどくなつかしいひとに逢った気がした」という一文に始まり、「声をかけたい。何か言いたい」と続いたうえで、末尾文となります。峰子がアパートを去ってから、ひと月ほど経っていました。サチ子は、峰子のことを「ひどくなつかし」く思い、「声をかけたい。何か言いたい」と思ったものの、結局は、すれ違うだけで終わってしまいます。

じつは、峰子がサチ子の隣りに越してきたのは、そのわずか三ケ月前のことであり、二人の出会いそのものが、長い人生の中ではおそらくは一回きりの、ほんのつかのま、すれ違った程度にすぎないのです。末尾文は、そういう、二人の女性のつかのまの、しかし少なくともサチ子の人生にとってはきわめて重大な関わりあいを象徴しています。

スナックの雇われママで、気ままに男を部屋に引き込んでいると思われがちな、独身の峰子と、夫の帰りを待ちながら家で内職に励む、つましく貞淑な主婦のサチ子。まさに対極的な生きようですが、お互いがお互いの境遇を羨むところがありました。そして、その羨ましさに耐えきれず行動に駆り立てられたのは、サチ子のほうです。峰子と関係のあった麻田という男を追ってニューヨークまで行ってしまったのでした。

そのきっかけとなったのが、峰子と別の男とのガス心中騒ぎです。男が一方的に夢中だったようですから、無理心中だったのかもしれませんが、峰子には、そうなってもかまわないといった、どこか捨て鉢なところがあったのでしょう。幸か不幸か、サチ子の発見によって、峰子は一命を取り止めることになります。その時、サチ子の心には、自分も一生に一度の命懸けの恋をしてみたいという衝動が沸き上がったのでした。それが麻田との「道行」でした。

まだ専業主婦が大勢を占めていた昭和の時代に、このような作品が書かれたのは画期的なことでした。ただ、そのまま家庭外に走ってしまうのではなく、また元の鞘に収まるあたりは、時代性なのかもしれません。

わずか数日で家に戻ったサチ子を、夫の集太郎は何も聞かず、「そのはなしは、七十か八十になったらしようじゃないか」と言って、受け入れます。峰子から事情を聞いて知っていたにもかかわらず、集太郎はサチ子を許してあげたのです。その後の、この夫婦の生活ぶりが描かれることはありませんが、以前とほとんど変わりない、平凡そのものの暮らしに戻ることでしょう。それこそが幸せであるかのように。

末尾文にある「どんどん離れて遠くなっていった」のは、「二つの車」だけではありません。それは、峰子とサチ子の人生であり、麻田とサチ子の関わりであり、女として生きることと妻として生きることでもあります。どの一方も、サチ子の中では、もはや終わったことゆえに、「ひどくなつかし」く感じられたのでした。

黙って上り、数夫とならんで朝まで眠りたかった。（幸福）

「幸福」という作品の末尾文の「眠りたかった」のは、視点人物の素子です。最後の段落には、その前に「数夫が手をはなさなかったら、一緒に数夫の家へゆこう。妹が出て来て嫌な顔をしてもかまわない」とあります。「眠りたかった」という願望表現は、数夫と素子がこれまで一夜を共にしたことがなかったということです。二人は付き合ってまだひと月なのですから、そういうこともあるでしょう。

ただ、素子がそう願ったのは、その一夜、その一回だけのことではありません。その後もずっと、ということです。一回だけのことなら、過去に、素子の姉の組子と数夫の間にもあったことであり、二人ともそれを忘れられずにいるのでした。その関係を乗り越えて幸せになるには、その後もずっと、でなければならなかったはずです。

それというのも、数夫は「いつも肝心なことは言わない」で、「ゆっくりと無感動に、牛が草を食むように仕事をし、牛が反芻するように素子を抱いていた」男だからです。姉に対するライバル心もあったかもしれませんが、そういう男を手に入れるには、自分が強引なくらいに事を進めるしかありませんでした。

しかし、「眠りたかった」という終わり方は、いかにも微妙です。素子の気持はどうあれ、それが実現するとも実現しないとも予想できません。かりに実現したとしても、素子が幸せになれるかどうかも分かりません。後は読者の想像に委ねられています。

「幸福」はもともと、昭和五十五年の七月から十月まで、十三回連続で放映されたテレビドラマでした。この短編小説が『オール讀物』に発表されたのが、昭和五十六年の九月ですから、放映がすべて終わってからの小説版になります。気になる、ドラマのほうの最終回は、素子と数夫がついに結婚するというところで、めでたくフィナーレなのです。にもかかわらず、後に書かれた小説では、その方向性さえ示されていません。

もちろん、短編ですから、そこまでは到底書ききれなかったということも考えられます。ドラマでは取り上げられている、数夫の兄の太一郎や妹の踏子についても、小説ではほとんど省かれているくらいですから。しかし、それだけではなさそうです。

テレビドラマでは、毎回の冒頭、画面に示された次の文章が朗読されました。「素顔の幸福は、しみもあれば涙の痕もあります。思いがけない片隅に、不幸のなかに転がっています。屑ダイヤより小さいそれに気がついて掌にすくい上げることの出来る人を、幸福というのかもしれません」。向田作品の中で、タイトルも含め、これほどあからさまにそのテーマを示したものは他にありません。

小説では、この、いささか鼻に付きかねない一般論を語る文章がそのまま用いられることはありませんでした。ただ、最後の段落の前に、素子一人の思いとして、「苦しい毎日だったたが、苦しいときのほうが、泣いたり恨んだりした日のほうが、生きている実感があった」とあり、「これも幸福ではないのか」と記されます。

「幸福」という小説の微妙な終わり方の理由は、そこに見出せます。つまり、テレビドラマのように、素子にとって、数夫と結婚するのが幸せなのではなく、問題含みの数夫と関わり、「泣いたり恨んだり」して「生きている実感」を感じること自体が、「幸福」ということなのでした。

頭の地肌にピタリとくっついたお河童は、子供の頃、絵本で見た桃太郎とそっくりであった。

（胡桃の部屋）

「胡桃の部屋」という作品の最後の場面は、「桃子はその足で美容院へ飛び込んで髪を切った」という一文から始まります。末尾文に描かれた「絵本で見た桃太郎とそっくり」の人物は、まさにその桃子でした。「桃子のことを、父はよく桃太郎と言っていた。この子が男だったら、という気持も入っていたかも知れない」という記述もあります。桃子は、見た目だけでなく、名前にもちなみ、桃太郎のような生き方を余儀なくされてしまう女性として設定されています。

「桃太郎のような生き方」とは、失職後、女と暮らすために家を出た父親の代わりとなって、母親を支え、弟や妹を育てる、家の大黒柱の役割を担うという生き方を指しています。そのために、桃子は、妙齢の女としての幸せを犠牲にするしかありませんでした。

それでも、その甲斐があったと思えるならば、桃子もそれなりの満足感や達成感が味わえたかもしれません。ところが、桃子が頑張れば頑張るほど、我慢すれば我慢するほど、家族に次々と裏切られてしまうことになります。

その極みが、母親が外で父親とこっそり逢引きしていることでした。まだ若い弟や妹はまだしも、父親に捨てられ、今や自分しか頼る人はいないと思われた、老いた母親の、しかも父親との裏切りですから、桃子がひどい虚脱感に襲われるのは無理もありません。

その話を弟の研太郎から聞いた桃子は、何かせずにはいられなくなり、いきなり美容院に飛び込んだのでした。それが最後の場面です。なぜ美容院だったのかを考えてみると、たまたまというのではなく、気持を切り替えることと髪を切ることとは、女性にとって、どこかで深いつながりがあるからではないでしょうか。

末尾文とともに最後の段落を構成するのは、「濡れた髪に、美容師が鋏を当てている。思い切って耳の下で切りおとしてもらった」という二文です。ばっさり髪を切るというのは、これまでの思いを断ち切ることを意味するでしょう。その思いが桃太郎のような生き方をするということならば、そのような生き方はもう止めて、これからは自分一人のために生きる、となりそうですが、さてどうでしょうか。

「桃太郎」という昔話を知らない日本人はほとんどいないでしょう。しかし、今に伝わる話は、明治時代に改変されたものであり、それ以前はずいぶんと趣の異なるものでした。たとえば、桃太郎は大きな桃の中から生まれるというのも、かつては、子どものいない老夫婦が回春効果のある桃を食べたことによって桃太郎が生まれたという話だったのです。それならば、桃子の母親と父親が男女関係を取り戻すことに関連しそうですが、さすがに子供向けとは言えません。桃子が「子供の頃、絵本で見た」桃太郎は、明治以降に流布した昔話のほうでしょう。

一思いに髪を切った自分の顔を見て、「桃太郎とそっくり」と桃子が認めざるをえなかった時、彼女の胸に去来したのは、どうあがいても自分の生き方は変えられそうもないという、一種の諦めかもしれません。それは、無理して努めてきたつもりだったのが、じつはもともとそういう生まれ付きだったということです。この末尾文には、長女として生まれ育った向田自身の、桃太郎としての実感も込められているように思えてなりません。

もうすぐドアがあく。（下駄）

この一行一段落の、短い末尾文は、それ自体がスリリングな印象を与えます。その後に何が訪れるのだろうかと思わせる点で、「マンハッタン」という作品の「ノックはまだ続いている」という末尾文に近いと言えます。末尾文直前の「心配することはないさ。下駄をはいた出前持ちはあいつ一人じゃないんだ。ガランゴロン」という表現内の、「ガランゴロン」というオノマトペで、下駄という特定の物音を喚起させるという点でも、「マンハッタン」に似通っています。

「マンハッタン」では、父親と息子の関係でしたが、この「下駄」という作品では、兄と腹違いの弟の関係が取り上げられています。どちらも、その一方が突然、姿を見せるという点では共通しているものの、「マンハッタン」と異なり、「下駄」ではそれが物語のメインになっています。

「下駄」の二人は、会社勤めをする柿崎浩一郎と、その会社に来るようになった出前持ちの浩司です。二人の出会いは偶然ではなく、母を失い天涯孤独となった浩司が柿崎の勤め先を探し出し、そこに出前する中華料理屋に住み込んだことからでした。つまり、柿崎にとっては寝耳に水のことでしたが、浩司にとっては意図的、計画的な出会いでした。

自分に腹違いの弟がいるという、紛れもない事実を、それなりの年齢になってから突き付けられた場合、どういう気持になり、どう対応するかが、この作品のテーマです。そして、「浩司をみていると、懐かしさ、いじらしさと同じ分量だけ、うとましさがあった」という柿崎の述懐がそのすべてを物語っています。この相反する感情は、血縁のある男同士の関係を描いた「マンハッタン」にも「ダウト」にも通じるものです。

「懐かしさ、いじらしさ」というのは、血のつながりがある弟が不遇な人生を送ってきたことに対する、兄としてのごく自然な感情でしょう。一方の「うとましさ」とは、血縁があると知った以上、無関係な存在としてそっけなくは扱えなくなる面倒を予想してのことでしょう。この「うとましさ」は、まだ生き永らえている母親や妻子との兼ね合いをどうするかという問題から生じていました。すでに亡くなっている父親は、家族には「口やかましいが、女の苦労だけはかけたことのない人」と信じられてきたのですから。

当たり障りのない程度に、浩司との関わりを持つようにしていた柿崎でしたが、しだいに浩司が馴れ馴れしくなるにつれ、うとましさのほうが勝るようになってきた頃、柿崎の会社が倒産しました。何の前触れもない、あまりにも急な展開です。「或日突然に、全く突然に浩一郎の会社は倒産した」という一文で「或日突然に、全く突然に」のように「突然に」が繰り返されるのは、向田もそれを自覚していたからでしょう。

そういう無理をおしても目指したのは、柿崎と浩司の関係がリセットされたかのように見せることです。柿崎は場所も離れた、新たな働き口に移ったことを浩司には伝えませんでした。そのことに柿崎はひととき安堵するのでした。

そして、最後の場面です。新しい職場で残業している時に、出前持ちのと思われる「ガランゴロンという下駄の音」がドアの外から近づいて来たのです。はたして、それが浩司なのか否か。柿崎は「心配することはないさ」と自分を納得させようとしますが、そうすればするほど、その直後に驚愕する柿崎の顔が目に浮かんで来ませんか。

「さようなら！」

自分でもびっくりするくらい大きな声だった。

（春が来た）

「自分でもびっくりするくらい大きな声だった」のは、直子という女性です。別れの挨拶をした相手は、風見という男性です。二人は結婚を前提として付き合っていたのですが、風見のほうから断りが入って、それっきりとなり、一週間後にばったり出くわしたのでした。

直子が別れを告げることになったのは、風見との関係だけではありません。風見が直子の家に遊びに来るようになってから、直子の家族にも「春が来た」ような、華やいだ状況になっていました。風見との縁が切れることは、直子の家族の春も終わったことを意味します。その前触れが母親の急死でした。それも、風見から別れを切り出された当日の夜に倒れ、そのまま逝ってしまったのです。

そもそも、直子と風見が恋人同士の関係だったかと言えば、二人の間に何かそれらしいことがあったとは、どこにも描かれていません。直子はそのつもり大ありでしたが、風見が惹かれたのは直子ではなく、居心地が良く、都合の良い時だけいられる、直子の家族・家庭のほうだったのです。

しかし、結婚ともなれば、話は別です。「ぼくには荷物が重過ぎる」という、風見の別れる理由は、まさにそういう関わり方をしてきたからであり、自分勝手なお坊ちゃん気質丸出しです。直子はそこに惚れたようですが、結婚してしまえば、直子の家族もこれまでと同じというわけにはいかないでしょうから、どのみち先は見えていたとも言えます。

風見を失い、母親を失った、直子の家族は、今後いったいどうなるのでしょうか。また、元の活気のない状態に戻る確率が高そうです。しかも、その分ますます、長女の直子は、「胡桃の部屋」の桃子のように、家を仕切ってゆきそうな感じがします。たぶん、結婚することもなく。それが直子の家族・家庭にとって、普通のことであるとすれば、風見が訪れて来た間だけが特別な状況だったことになります。

直子の家族と風見が揃いの浴衣でお祭りに出かけた時、直子はこう思います、「浴衣では肌寒い秋祭りだが、うちにはやっと春がめぐってきたのだ」、「春は須江だけではない、周治にも、陰気だった順子にも、うち中みんなにやって来たのだ」。ここで気を付けたいのは、「うち中」と言いながら、直子自身が入っていないということです。

当然だから省いたとも受け取れますが、かりに自分にとってではないとしても、風見の存在が家族にとって望ましいものならば、その「春」を喜んで受け入れたいという気持が直子の中にあったからではないでしょうか。直子にとっての「春」は、家族とは関係なく、一人の女として風見との愛を深めることだったはずですから、この時には、それを押さえてでもという気持に傾いていたのかもしれません。

季節は訪れては去り、それが毎年、繰り返されます。「さようなら！」と別れの挨拶をしても、ふたたび出会うこともあります。「自分でもびっくりするくらい大きな声だった」のは、直子がそのように無理してでも別れる決意を示そうとしたからでしょうか。それとも、季節と同様に、また春が巡って来ることを強く期待してのことでしょうか。せめて気持だけは後者であってほしい、と思いたいところです。

≪エッセイ編≫

それが父の詫び状であった。（父の詫び状）

この、最後の一文一段落から成る末尾文に用いられた「父の詫び状」という表現がこのエッセイのタイトルにもなり、エッセイ集のタイトルにもなりました。初出の『銀座百点』では「冬の玄関」だったのを、一冊にまとめる際に変えたのです。両タイトルは一つのエピソードにおいて関連性があるのですが、エッセイ集全体のテーマを考えての変更だったと考えられます。

帰省先の仙台から東京で寄宿していた母方の祖父母の元に戻った時、すでに父親からの手紙が届いていました。「それが父の詫び状」でした。このエッセイは空白行によって仕切られた四つのエピソードから構成されていて、その最後のエピソードのしめくくりが末尾文になります。ただし、前置き相当の最初のエピソードを除けば、残りの三つはどれも父親がらみですから、エッセイ全体のしめくくりにもなっていると言えます。

その時、父親から届いた手紙には、最後に「「この度は格別の御働き」という一行があり、そこだけ朱筆で傍線が引かれてあった」とあります。その最後の、付け足しのような一行一文のみをもって、「それが父の詫び状であった」と認めたのです。

しかし、「格別の御働き」を普通に解釈にしたら、感謝とか慰労とか賞讃とかになりそうなものです。そのどれでもなく、「詫び」つまり謝罪と受け止めたところが、このエッセイの、そしてこのエッセイ集の勘所となります。

最後のエピソードで、娘が玄関の敷居に詰まった客の吐瀉物の始末をするのを、父親は黙って見ているだけでした。「「悪いな」とか「すまないね」とか、今度こそねぎらいの言葉があるだろう。私は期待したが、父は無言であった」。東京に帰る娘を駅まで見送りに来た時も、「ブスッとした顔で、「じゃあ」といっただけで、格別のお言葉はなかった」のでした。

そのうえでの、末尾文の直前の一段落は、「ところが」という接続詞から始まります。この「ところが」によって、これまでの文脈と逆接で結び付けられるのが、「それが父の詫び状であった」という末尾文です。

私が父親に期待したのは、「ねぎらいの言葉」でした。そして、父親の手紙に書かれた、朱の傍線付きの「格別の御働き」というのは、紛れもなく私が期待した「ねぎらいの言葉」でした。父親は娘に面と向かって、間違ってもそういう言葉を口に出せるタイプではありません。それでも、ねぎらいの気持を伝えようと、その日のうちに手紙に記し投函したのでしょう。

そのことを、娘の私は十分すぎるくらいに理解したはずですし、喜んだはずです。にもかかわらず、そのまま「ねぎらい」とはせず「詫び」としたのです。

この末尾文がこのエッセイ全体のしめくくりになりうるとすれば、父親にねぎらわれるべき最後のエピソードに関してだけではなく、家族に対する、これまでの傲慢とも横暴とも言える父親の態度のすべてに関して、謝罪する気持を示すものとして、位置付けられているということです。それほどまでに、「格別な御働き」は、父親からの初めての、そしてたった一度の格別な言葉だったのです。

いたずら小僧に算盤で殴られ、四ツ玉の形にへこんでいた弟の頭も、母の着物に赤いしみをつけてしまった妹の目尻も、いまは思い出のほかには、何も残っていないのである。（身体髪膚）

この一文は、『父の詫び状』というエッセイ集の中で、末尾文としては長いほうの部類に属します。最後の段落も、「父も母も、傷ひとつなく育てようと随分細かく気を配ってくれた。それでも、子供は思いもかけないところで、すりむいたりこぶをつくったりした」という二文が末尾文に先行しています。「父の詫び状」のように、末尾文一文で一段落を成すのに比べると、どうしても切れ味が鈍いように感じられます。

「身体髪膚」という作品はおもに、私を含めた四人姉弟の、子供の頃の怪我のエピソードを綴ったものですが、それが、この末尾文にまでも及んでしまっています。「母の着物に赤いしみをつけてしまった妹の目尻」の怪我のことは、すでに取り上げられているものの、「いたずら小僧に算盤で殴られ、四ツ玉の形にへこんでいた弟の頭」のことは、ここに来て初めて紹介されるエピソードです。

また、「いまは思い出のほかには、何も残っていないのである」とありますが、弟や妹の傷はそのとおりだとしても、私の「人差指の腹にかすかにさわる左目尻の小さな傷」や「肌色のクレヨンで、スウッとこすったようになっている」盲腸の手術跡は、今もちゃんと残っているのです。

何だか揚げ足を取っているようですが、かりにこれらが文章のかすかな傷になりうるとしても、問題は、そうしてまでも書きたかったことは何か、ということです。

それは、二つあります。一つは、最後の段落の第一文にある「父も母も、傷ひとつなく育てようと随分細かく気を配ってくれた」ということです。子供が怪我をしたエピソードには、必ず右往左往の大騒ぎをする両親が登場します。それを面白おかしく描いていますが、それらからは行き過ぎるほどに子供を案じる親の愛情が読み取れます。

もう一つは、長女としての私の、弟や妹に対する思いです。最後の段落の前で、そこまでのエピソードとは何の関係もなく、いきなりグリーンピースやそら豆のことが話題にされます。そして、同じ莢に入っている豆でも、「端のひとつが、やせてミソッカスだと、末っ子まで養分がまわりかねたのかな、と哀れになる。この程度の虫食いなら食べられそうな気もするし、気前よく捨てたい気もするし」と記してあります。これが弟や妹をなぞらえているのは、きわめて明らかです。つまり、親同様に、私もまた、弟や妹の身を案じてきたということです。

末尾文に、今も傷跡が残る私の怪我のことが出て来ないのは、大切なのは、自分ではなく、弟や妹のことだからです。弟や妹が傷跡も残さずに無事に大きくなってくれたことが、何より喜ばしいことなのです。その思いは、両親もまったく同じでしょう。そして、笑える思い出としてしか残っていないからこそ、「うちの四人姉弟も」、「たまに四人の顔があうと、子供の頃のはなしになる」のでした。

かつては人口に膾炙したらしい「身体髪膚之ヲ父母ニ受ク、敢テ毀傷セザルハ孝ノ始メナリ」という文句が最後の段落の直前に引かれていますが、その意味で、だから自分たちは親孝行なのだ、と思っているかどうか、そこまでは分かりませんが。

隣りの神様を拝むのに、七年もかかってしまった。（隣りの神様）

このエッセイの「隣りの神様」というタイトルは、「父の詫び状」と同じく、末尾文から採ったと見られます。ただ、「父の詫び状」とは違って、この「隣りの神様」に関しては、わずか一ページ分ほどの最後のエピソードにしか出て来ません。ついでながら、神様のことに触れることさえも他のエピソードにはありません。

「隣りの神様」というのは、私が七年前に引っ越して来た青山のマンションのすぐ隣りにあるお稲荷さんのことです。物理的な位置関係以外に、「隣り」という点に意味があるとすれば、「すぐ隣りが神様というのは御利益がうすいような気がし」ていたとありますから、私にとってはマイナスのイメージだったのでしょう。それもあって、お参りしそびていたのですが、その時は「何となく素直な気持になり」拝むに至るまでに、「七年もかかってしまった」のでした。この「七年」という期間も、実際そのとおりというだけであって、とくには意味がなさそうです。

七年越しで拝む気になったきっかけも、その社の前を通り過ぎがてら、何気なく見掛けた光景でした。初老の男性が急な知らせを受けて葬儀に向かうためか、買ったばかりの黒い靴下に履き替え、それから「拝殿にちょっと頭を下げて出て行った」、ただそれだけです。その様子を見て、なぜ私も拝む気になったのでしょうか。とくに理由はなく、ほんとうに何となくだったのかもしれませんが、じつはそうなるだけの下地がありました。

このエッセイには、二人の死が取り上げられています。一人は、津瀬という仕事の先輩、もう一人は、私の父親です。津瀬のほうは事故による急逝、父親のほうは心不全による突然死で、二人の死に直接のつながりはありません。ただ、共通して描かれているのは、死とは不釣り合いの何かがあったことです。津瀬の場合は、葬儀の際に漂って来た「魚を焼く匂い」であり、父親の場合は、死に顔を覆った「豆絞りの手拭い」でした。

この二つに関して、「思い出はあまりに完璧なものより、多少間が抜けた人間臭い方がなつかしい」とまとめています。「魚を焼く匂い」も「豆絞りの手拭い」も、「多少間が抜けた人間臭い」ものであり、それゆえに、亡き人の人となりと結び付いて、懐かしく思い出されるということなのでしょう。

その時の私は、お稲荷さんで見掛けた初老の男性にも、同じ「多少間が抜けた人間臭い」ところが感じられたのかもしれません。慌てていたとはいえ、鳥居に寄りかかって靴下を履き替えるのは不謹慎と言えば不謹慎ですし、元の靴下をポケットに仕舞ったことを忘れ、葬儀の受付で、殊勝な表情を浮かべながら、香典のつもりでうっかりその靴下を出してしまうことまでも想像されます。

そもそも、最初に拝みそこねたのも、たとえ「小ぢんまりとしたおやしろ」であれ、厳粛であるべき場所なのに、「キツネのしっぽと賽銭箱の間」に張ってあったビニールのひもに股引きが干してあったからでした。ごく近しい人の死を知らなかった、七年前の私は、それに興ざめして、拝むに値しないと思ったのです。

ところが、七年の間に、先輩と父親の二人を送った、今の私には、それが許せるようになったのです。むしろ親しみを感じるようになったのです。それは、人の生死の運命を司る神様を、お隣りさんのように身近に感じるようになったということでもあります。

写さなかったカメラのせいか、バッグが行きよりも重いように思えた。（記念写真）

末尾文の「写さなかった」のは、記念写真です。バッグに入れていたのは小型カメラでしたから、「重いように思えた」のは、カメラではなく気持のほうでした。

最後の段落には、末尾文の前に、「だが先生は、忘れておいでなのかどうか、三十数年前に私と写した写真のことはとうとうひとこともおっしゃらなかった。おすしをご馳走になり、お孫さんの遊び相手をして夕方おいとまをした」という二文があります。

「三十数年前に私と写した写真」とは、一つ前のエピソードに記された、鹿児島の小学校から転校する日に、二人だけで写真館に行って撮った、たった一枚の記念写真のことです。その話が、当然、先生の口から切り出されると、私は期待していたのです。そのためにわざわざ会いに行ったのではないかと思われますし、このエッセイも、他のエピソードはともかく、その記念写真のことが書きたくて、書いたのではないかとさえ思われます。そして、その期待の分だけ、裏切られた思いが私の気持を重くさせたのでした。

『父の詫び状』というエッセイ集は、戦前の、父親を中心とした家族の様子を活写したものとして高く評価されてきました。それ自体は決して間違いではありませんが、見逃せないのは、女の子が大人の女性になってゆくという成長の記録でもあるという点です。この「記念写真」というエッセイは、その点が比較的強く表に出ている作品です。

小学校の五年生と言えば、思春期の入り口の時期です。おませだった私でしたから、異性に対する意識も普通以上にあったと想像されます。そこに登場したのが、「師範を出たばかり」の若い、「色白の端正なマスクをして」、「生まじめな理想家肌」の男の先生でした。そういう先生が担任になったのですから、女の子が憧れないわけがありません。

その先生と二人だけの、しかも「私の肩に手を置い」て撮った記念写真ならば、単に先生と生徒の関係以上の思いがあってのことと、私が思ったとしても、決してうぬぼれにはならないでしょう。「これが、私の人生で家族以外の男性と初めて写した記念写真であった」とあるように、「先生」ではなく、「家族以外の男性」と記しているところにも、それが端的に示されています。

しかし、転校後はまったく音信がないままであり、たまたま知りえた消息から、先生を訪ねてみようと、ふと思い立ったのでした。肝心の記念写真そのものについては、それがその後、どうなったのか、一言も触れていません（じつは、今も実在しているのですが）。つまり、その記念写真は、私の記憶の中だけに存在することにしてあるのです。

先生からその話が出れば、記念写真の存在があらためて確認できるはずでした。それだけではなく、写真にまつわる、その時の先生の私に対する思いもです。もちろん、今さら知ったところで、どうこうというわけではありません。ただ、私は知りたかっただけなのでしょう。懐かしくも甘酸っぱい思い出の一つとして。

もう孫もいる年齢の先生ですから、忘れていたとしても仕方ありません。それでも、私のほうからその話を持ち出さなかったのは、忘れられる程度のことにはしたくなかったからです。「鹿児島をなつかしむ母」のために、先生の写真を撮ろうとカメラを持参したように書かれていますが、本当は、あの時の自分の気持をもう一度味わってみたかったからに違いありません。

自分が育て上げたものに頭を下げるということは、つまり人が老いるという避けがたいことだと判っていても、子供としてはなんとも切ないものがあるのだ。（お辞儀）

この末尾文が、「お辞儀」というエッセイの主題をそのまま表しています。連載時はタイトルも「親のお辞儀」としてありましたが、あまりに主題に付きすぎていると考えてか、単なる「お辞儀」に変更されました。

この末尾文の内容は、その直前に書かれた、「親のお辞儀を見るのは複雑なものである。面映ゆいというか、当惑するというか、おかしく、かなしく、そして少しばかり腹立たしい」を言い換えたものです。「親のお辞儀」というのは正確には、自分の子供に向けての親のお辞儀のことであり、しかももう若くはない、年老いてからの親のお辞儀ということです。子供にとっては、いくつになっても親は親であって、子供が親にお辞儀をすることはあったとしてもその逆はありえないと思うのが普通でしょう。そもそも、お辞儀というのは、他人行儀なことなのですから。

最後から一つ前のエピソードには、父親が祖母の葬儀に訪れた社長に「お辞儀というより平伏といった方」がふさわしいようなお辞儀をしたのを初めて見て、「父はこの姿で戦ってきたのだ」と私が思うところがあります。家庭内での家族に対する父親と、家庭外での他人に見せる父親とのあまりのギャップに驚かされたのでした。父親が家族とりわけ子供にお辞儀をすることはありうるはずもなく、そしてそのとおりに亡くなったことに、私はむしろホッとしたことでしょう。面と向かってではない、あの「父の詫び状」を唯一の例外として。

娘と女親との関係は、男親とはまったく異なるように思われます。私にとっての母親は、母親としてはもとより、横暴な父親の妻として、一家の主婦として尊敬すべき存在でしたが、その一方では愛すべき一人の女性であり、父親亡き後はつい心配になってしまう相手でもありました。その両側面を理解しつつも、母親にお辞儀をされるたびに、前者の側面がしだいに薄れていってしまうことに、そして、その分だけ年老いたことを思い知らされることに、子供としては「何とも切ない思い」にさせられるのでした。

「切ない」というのは、分かっているのに自分ではどうすることもできないという思いのことです。それは、親も子供も同じです。母親は母親で、面倒を見てきた子供たちにいつしか面倒を見られる立場になってしまったことが「切ない」のですし、子供たちも、母親にはいつまでも母親の立場で接してほしいのにそれが叶わなくなったことが「切ない」のです。そのような関係が象徴的に示されるのが母親のお辞儀です。父親とは別の意味で、母親も子供たちに対して、改まったお辞儀など、したことがなかったと思われます。

「兄弟は他人の始まり」という諺がありますが、これは親子にも当てはまりそうです。一緒に暮らしている時はともかく、別々の家庭を持つようになれば、他人のように疎遠になりがちになってしまうものです。それでもなお、親子だからこそ互いに気遣い合うのですが、親にしてみれば、子供から自分が気遣われてしまうことを、ありがたいと思えば思うほど、心苦しさも感じてしまうのではないでしょうか。

そんな親のお辞儀に対して、つい喧嘩腰で対応してしまう子供としての私の気持。すでに二親を亡くした著者にも痛いほどに思い出されます。

だが、キリスト教の雑誌にはこういう下世話なことを書くのもきまりが悪く、枚数も短いことだから、その次の次ぐらいに浮かんだ思い出の「愛」の景色を書くことにした。

（子供たちの夜）

この末尾文は、エッセイ冒頭の「つい先だってのことだが、キリスト教関係の出版物を出しているところから電話があった。「愛」について短いものを書いて欲しいという依頼である」に対応しています。このような終わり方ですと、いやでもその文章がどんなものか、気になってしまいますよね。雑誌の種類と発行の時期、内容から検討してみると、どうやら聖パウロ女子修道会の月刊誌『あけぼの』昭和五十二年十月号に掲載された「ゆでたまご」というエッセイのようです。

小学生の頃の同級生だった、片足の不自由な女の子とその母親のエピソードを描いた文章で、その最後の段落には、こうあります。「私にとって愛は、ぬくもりです。小さな勇気であり、やむにやまれぬ自然の衝動です。「神は細部に宿りたもう」ということばがあると聞きましたが、私にとっての愛のイメージは、このとおり「小さな部分」なのです」。いかにも「キリスト教の雑誌」であることを意識した終わり方になっています。

それでは、このエッセイに書かれた「こういう下世話」とは何かと言えば、子供たちに対する両親の愛の思い出でした。それがなぜ「下世話なこと」になるのか、腑に落ちないのですが、「きまりが悪」いという表現が伴っていますから、おそらくは、自分の身内のことを「愛」という言葉で表現することに対する遠慮と照れがあったからではないかと思われます。なにせ、そもそも「愛ということば」は外来語のようでいまひとつ肌に馴染まず、口に出して言うと面映ゆいところがある」と言うのですから。

取り上げられているのは、「ゆでたまご」と共通して、どれも「小さな部分」です。前夜に父親が持ち帰った折詰の「朝の光の中で見た芝生に叩きつけられた黒い蝿のたかったトロや卵焼。そして夜の廊下で聞いた母の鉛筆をけずる音」、その一つひとつが、決して口に出されることのなかった、まだ小さい子供たちに対する親の「愛」の証なのでした。

そこには、絵に描いたような、「メルヘン」とさえ呼ばれることのある、戦前の家族の幸せな姿があります。親は親として、子供は子供として、それぞれの領分をわきまえたうえに成り立つ家庭の姿です。そのありようについて、一般論としての良い悪いはありません。向田にとっては唯一の、かえがえのない家族の愛の歴史を、点描画のように、描いてみせたのでした。

それが「子供たちの夜」というタイトルに示されるように、夜という時間帯に限ってのエピソードになっているのは、子供にとってはとても不安な時間帯だからです。そんな時間帯だからこそ、「私達きょうだいはそれに包まれて毎晩眠っていたのだ。あの眠りのおかげで大きくなったのだ」のように、親の愛を感じ、安心することができたのです。

最初のエピソードは「子供の頃はよく夜中に起された」という一文から始まります。酔って遅く帰った父親が子供たちにお土産をあげるためです。当時は、それを迷惑にも思っていたかもしれませんが、それでも、普段は見せることのない、父親の優しい言動を嬉しく思っていたのでした。私が愛について考えた時、「繭玉から糸を手繰り出すように子供の頃の夜の情景」として、それが真っ先に思い浮かんだのも、むべなるかな、です。

中でもひとつをといわれると、どういうわけかあのいささかきまりの悪い思いをした磯浜の、細長い海が、私にとって、一番なつかしい海ということになるのである。
(細長い海)

タイトルにもなっている、この末尾文にある「細長い海」というのは、これだけでは意味がよく分かりません。海そのものが細長いわけではなく、「私はしばらくの間、板に寄りかかって立っていた。建物と建物の間にはさまれた細長い海がみえた」とあるように、幅の狭い視界に入った海のことです。

その海は、鹿児島の錦江湾であり、このエッセイには、その湾に面した磯浜に家族と一緒に行った時のエピソードが含まれています。海つながりで、高松の築港、鹿児島の天保山、鎌倉の材木座などが順に取り上げられ、最後には、海外の海にも触れられますが、それらの中で「いちばんなつかしい海」が、磯浜で見た細長い海ということです。

しかし、私にとって本当に懐かしいのは海自体ではなく、「あのいささかきまりの悪い思いをした」、そこでの体験でした。海の方からやってきた、下帯一本の男に、「洋服の上から体をさぐられ」たのです。その後の放心した状態で見たのが、細長い海でした。「軽いいたずら」や「いささかきまりの悪い」と書かれていますが、抵抗もできない、意味もまだよく分からない小学四年生の女の子にとってみれば、見も知らぬ男の、その行為はどれほどのショックだったでしょうか。

大人になった私は、こう解説します。「なぜ声を立てなかったのか、手が汚れたわけでもないのになぜ手を洗ったのか。どういう気持だったのか、判るような気もするが、言葉にしてならべると、こしらえごとになりそうなのでやめておいたほうが無難だろう」。事実、そのとおりなのかもしれませんが、もしかしたら言葉にすることをあえて避けたのかもしれません。言わなくても、とくに同性ならば、分かる人には分かることとして。

「記念写真」というエッセイを取り上げた中で、『父の詫び状』は、「女の子が大人の女性になってゆくという成長の記録でもある」と述べました。じつは、この「細長い海」はそれをもっとリアルに描いている作品と言えます。そういう目で読み直してみると、築港の堤防で海水浴帰りに水兵さんにすれ違ったこと、天保山の海水浴場で誰かに下着を盗まれ、弟と揉めたこと、材木座の沖で十年ぶりに友人に出会ったこと、泳いでいる最中に男の子がすがりついて来て溺れかけたこと、どのエピソードも男性がらみなのでした。そして、その極め付けが、最後の磯浜での漁師とのエピソードです。

その後、手を洗ってハンカチで拭こうとした時、母が書いた「向田邦子」という名前を見て、「初めて自分の名前を知らされたような、不思議な気持があった」とあります。これはつまり、その名前から、自分が一人の女であることを、あらためて思い知らされたということに他なりません。男に体をさぐられたのは、もう女の子ではないのだということを、否応なく自覚させられることでした。「不思議な気持」になったのも、自分が気付かないうちに、周りからはそのように見られるようになったということでしょう。

そして、末尾文にあるように、そのことを「一番なつかしい」と思えるのは、私が女として生きてきた、記念すべき最初の出来事と位置付けられたからでした。

釣針の「カエリ」のように、楽しいだけではなく、甘い中に苦みがあり、しょっぱい涙の味がして、もうひとつ生き死ににかかわりのあったこのふたつの「ごはん」が、どうしても思い出にひっかかってくるのである。
（ごはん）

向田が釣りを趣味にしていたとは思えませんから、釣針の「カエリ」という言葉はどこで覚えたのでしょうか。調べてみると、その部分は「カエシ・モドリ・カカリ」などと言い、「カエリ」は使わないようです。それでも、それが釣針のどこを指すかは見当が付くでしょう。この比喩は、文末の「ひっかかってくる」という点で、「このふたつの「ごはん」」のことをたとえたものです。その二つ以外は、「その時は心にしみても、ふわっと溶けてしまって不思議にあとに残らない」のでした。

「この」という言葉によって指示されているのは、「第一に、東京大空襲の翌日の最後の昼餐。第二が、気がねしいしい食べた鰻丼」です。なぜ「このふたつの「ごはん」」が心に残っているのか、その理由も末尾文に示されているとおりです。「楽しいだけではなく、甘い中に苦みがあり、しょっぱい涙の味がして、もうひとつ生き死ににかかわりのあった」からですが、「甘い中に苦みがあり、しょっぱい涙の味」がするというのは、食べ物それ自体ではありません。食べる人間のほうの状況についてです。

『父の詫び状』には食べ物に関する話題がたくさん出てきます。『銀座百点』の連載の時は、第一回から中盤までは、食べ物に関する思い出をメインとしたエッセイが続いていました。この「ごはん」という作品も、「心に残るあのご飯」というタイトルで、第十回に登場しました。文章のネタに困ったら食べ物のこと取り上げよ、とはよく言われることですが、向田もまずはその線をねらったようです。ちなみに、単行本で冒頭に据えられた「父の詫び状」は、終盤の第十七回であり、単行本で最初に食べ物のエピソードが中心になる作品は、この「ごはん」です。

数多く描かれる、戦前の食べ物に、郷愁を感じる読み手もいるでしょうが、『父の詫び状』は単なる食べ物エッセイではありません。食べ物はいわばきっかけにすぎず、中心となるのは、それを食べた時どきの家族のありようです。食べ物の思い出というのは、食べ物だけということはなく、誰と、いつ、どこで、どのように食べたかということと抱き合わせであり、味の記憶もそれらに大きく左右されます。

私の挙げる二つのごはんも、まさにそれです。「最後の昼餐」に食べた白米とさつまいもの天ぷら、「気がねしいしい食べた鰻丼」、どちらも普通の食べ物としても十分に美味しいと言えるものですが、強く思い出に残っているのは、ただその味のせいではありません。家族全員が空襲で死ぬかもしれないという切迫した状況、また、肺を病み、「今は治っても、年頃になったら発病して、やせ細り血を吐いて死ぬのだ」という悲観的な状況だったからこそです。

そのことを、「食べものの味と人生の味とふたつの味わいがある」と表現しています。この「人生の味」の中には、子供たちの身を第一に案じ、その不遇を不憫にも済まなくも思う親の心が多分に含まれているのでした。

釣針の「カエリ」は、エサに食い付いた魚を逃がさないためにあります。私にとっての「このふたつの「ごはん」」が逃さないのは、子を思う親の心なのでした。

そう考えると、猿芝居の新春顔見世公演「忠臣蔵」も、まさに私というオッチョコチョイで、喜劇的な個性にふさわしい出逢いであった。（お軽勘平）

この末尾文冒頭の「そう考えると」というのは、直前にある「私は出逢った事件が、個性というかその人間をつくり上げてゆくものだと思っていたが、そうではないのである。事件のほうが、人間を選ぶのである」を指しています。「猿芝居の新春顔見世公演「忠臣蔵」」というのは、四つのエピソードの最後に出て来ます。

『父の詫び状』の中で、家族との直接的な関わり抜きで、私の個性について記してあるのは、かなり珍しいと言えます。しかも、自らの個性を「オッチョコチョイで、喜劇的な個性」と評するのには、かなりの自虐があるように思われます。三つめのエピソードに関して、「私は、四柱推命で見ると、駅馬という運がついている。これは、職業にしても運勢にしても東奔西走、ひとつところに落着かず絶えず忙しがっている星だという」とありますが、ちょっと違うような気がしませんか。

このエッセイの思い出の鍵となっているのは、子供の頃のお正月の過ごし方です。年始客をもてなすために、私もその対応に追われ、せわしなく過ごすのが例年だったのですが、それは自ら忙しくしているわけではなく、むしろ頼まれてのことですし、「オッチョコチョイ」でヘマをしでかすわけでもありません。一度だけ、友達の家に遊びに行き、帰りに晴着姿で走って転んでしまったのも、客の接待に忙しいはずの家族のことが気になって急いだあまりのことでした。そして、「嫌だ嫌だと文句を言いながら、私はこういうお正月を、嫌いではなかった」と回想しているのですから、他のエッセイと同様に、当時の家族の暮らしのありようを描いたものとしてまとめてもよかったように思われます。

ところが、この末尾文はそうはならずに、私の個性のほうに持って行ったのでした。なぜそうしたのか。単に終わり方に変化を付けようとしただけではないでしょうし、そろそろネタが尽きてきたからでもないでしょう。おそらく、連載を続けてゆくうちに、過去のことから現在のことに、そして家族のことから自分のことに、少しずつ意識がシフトして行ったのではないかと想像されます。

「駅馬という運」の話に続けて、「雑誌編集者から、週刊誌のライター、ラジオテレビの裏方と、駅馬にふさわしく時間に追われる職業がつづき、急ぐから福が逃げたのか、逃げる福を追いかけて急ぐのか、ゆったりとした幸せとは無縁の暮しの中で忙しがっている」のように、働き始めてからのことが回顧されるのは、このエッセイが初めてです。周知のように、連載エッセイが始まったのは、向田が乳癌の手術後、テレビの仕事を休んで自宅療養している時でした。いやでも「ゆったり」と過ごさざるをえない時だったからこそ出来た回顧なのでした。

『父の詫び状』の「あとがき」には、「その頃、私は、あまり長く生きられないのではないか」と思い、「のんきな遺言状」を書くつもりで、エッセイの依頼を引き受けたとあります。末尾文で自らを「オッチョコチョイで、喜劇的な個性」と評する時、そこには、二匹の猿が演じるお軽勘平の切腹の場面を、「ただ珍しく面白く」見た、まだ七歳かそこらの私と同様に、五十歳近くまで生きてきた自分のありようを「ただ珍しく面白く」見ようとする、もう一人の「私」がいたのでした。

こんな小さなことも、一日延しに延して、はっきり判るまでに桃太郎の昔から数えると四十年が経っているのである。
（あだ桜）

「こんな小さなこと」とは、小さい頃、祖母から聞いた「おぼくさん」という言葉が、じつは「おぶくさん」であったということであり、字引を引いてそのことを確かめるまでに四十年が経過していたというのが、このエッセイの末尾文です。直前には、同じく祖母から教えられた和歌にあった「あだ桜」という言葉も調べたことが記されています。

なぜ四十年もかかってしまったのか。私は、「遊び好きで面白いことをまず先にしてしまい、あとになって時間が足りなくなってあわてる私の性格」、「さしあたって一番大切な、しなくてはならないことを先に延し、しなくてもいいこと、してはならないことをしたくなる性分」のせいにしています。「明日ありと思ふ心のあだ桜夜半には嵐の吹かぬものかは」という和歌を通して、祖母に繰り返し諫められていたにもかかわらず。

「お軽勘平」と同様、このエッセイも私の性格・性分に関わることを示して、文章がしめくくられていますが、異なるのは、それが祖母譲りであるとしている点です。父方の祖母の思い出がもっぱら取り上げられるのは、このエッセイのみです。しかも、当時としては公けにしにくかった、祖母が未婚の母であったことが明らかにされています。

あえて身内の恥とも言えることをさらしたのは、父親の不幸な生い立ちとの関係もありますが、私の生き様の由縁を示すには、どうしても必要と判断した末のことでしょう。「この頃になって、この性格は、父でも母でもない、この祖母からゆずりうけたものであることに気がついた」からです。血筋としてゆずりうけてしまったものは、自分の意思や力ではどうすることもできません。しかし、私はそれを不運と考えていたわけでもなさそうです。

晩年、長男家族と同居し、肩身の狭い思いをしていた祖母は、「『やったことはやったことなんだから、仕方がないよ』というように、弁解もせず愚痴や恨みごともいわず、家族より一歩下って、言葉少なに暮らして」いました。そんな祖母を、私は間近に見て育ち、幼いながらも、その生き方にさまざまに思いを馳せ、女の幸せとは何かを考えていたのかもしれません。「あだ桜」の和歌を教えてくれたのも、「祖母は、自分にいいきかせる形で、私に教えてくれたのだ」と、大人になった私が思うのは、自分もまた年老いたら、「やったことはやったことなんだから、仕方がないよ」と潔く諦めるつもりだったからではないでしょうか。現実には、その前にあっけなく亡くなってしまうのですが。

誰にとってであれ、言葉の一つや二つの意味を知らなくても、別にどうということはありませんし、「しなくてはならないことを先に延し」たというほどのことでもありません。「あだ桜」であれ「おぼくさん」であれ、気になって仕方なかったならば、とっくに調べていたはずです。それを四十年も放っておいたのは、目先のことに追われているうち、忘れ忘れしていただけのことでしょうか。

もしそうではないとしたら、考えられるのは、祖母の秘密です。祖母の思い出はそのまま、未婚の母という、祖母の秘密につながっています。その事実を私がいつ知ったのかは分かりませんが、長らく封印すべきことと思ってきたのでしょう。祖母も亡くなり、父親も亡くなった今、ようやくそれに触れることができたのでした。

今、ここに書いたのは、そんな中で心に残る何人かの車中の紳士方のエピソードである。

（車中の皆様）

『父の詫び状』（文春文庫）に収められたエッセイの、末尾文を含めた最後の一段落の分量を比べてみると、もっとも多いのが、二行で八編あり、次が三行で五編、一行で三編、これらを合わせると全体の四分の三にもなります。それに対して、この「車中の皆様」の最後の段落は十一行ともっとも長く、字数にすると四百字ほどにもなります。

ついでに、最初の段落はどうかというと、一行一文というのが十六編もあり、これだけで全体の四分の三です。後は、二行が四編、三行が一編、四行が三編です。「車中の皆様」の最初の段落は、多いほうから二番目の三行です。

このような最初と最後の段落が長さの如何が、作品の内容と何か関係があるのか。少なくとも、このエッセイには、他とは明らかに異なる点が二つあります。一つは、家族の思い出がまったく出て来ないばかりでなく、自分のことさえもメインではないという点です。

もう一つは、末尾文で、書き手としての意図が表に出ているという点です。

一つめについては、私が乗ったタクシーの運転手とのやりとりや、運転手から聞いた話の中で、とくに印象に残ったことが、エッセイの格好のネタになると考えたからでしょうが、『父の詫び状』全体から見れば、もちろん傍流です。「私の粗忽さからきまりの悪い思いをしたこともある」というエピソードも含まれてはいるものの、「お軽勘平」のように、それで文章のまとまりを付けているわけではありません。

二つめについては、末尾文に「今、ここに書いたのは」とあるとおり、書き手としての「私」が登場して、なぜこのエッセイを書いたか、意図の説明をしているということです。このことにとくに違和を感じないかもしれませんが、わざわざこのような断りを最後に入れることは、『父の詫び状』の他のエッセイではしていないのです。

エッセイに書かれる「私」と書く「私」とは、必ずしも同一ではありません。小説とは違って、エッセイは事実に基づいて書かれているように思われがちですが、書かれる「私」には書く「私」によって、意識するにせよしないにせよ、何がしかの距離がありと虚構があるものです。たとえば、少しばかり格好を付けて見せるとか、逆に、自分を思いきり馬鹿々々しく見せるとか。ただし、普通は、書かれる「私」と書く「私」をわざわざ区別するような書き方をしていません。

このエッセイの冒頭は、「その晩は、乗った時から調子づいていた」という一文です。誰が「調子づいていた」のかは、お約束どおりなら、書かれる「私」であり、いきなりエピソードに入ります。他のエッセイの多くもこのパターンであり、末尾もほぼ同様です。それに対して、この「車中の皆様」の末尾文だけが違っているのは、なぜでしょうか。

それは、書く「私」のほうの比重が重くなってきたのではないかということです。書く「私」は、その前に物事を観察する「私」でもあります。他のエッセイのように、書かれることが「私」に関することであれば、書く「私」とのギャップを感じることはありませんが、「私」以外の人や物事になれば、その傾向ははるかに強く表れます。そこには、気の向くままに思い出話を書き始めた、素人的なエッセイが、いつかプロのエッセイストの手に成るものへと変化する兆しが見られます。

これが私のお盆であり、送り火迎え火なのである。　（ねずみ花火）

末尾文の「これ」が指示しているのは、直前の「何十年も忘れていたことをどうして今この瞬間に思い出したのか、そのことに驚きながら、顔も名前も忘れてしまった昔の死者たちに束の間の対面をする」という一文の内容です。さらに、その前には、「思い出というのはねずみ花火のようなもので、いったん火をつけると、不意に足許で小さく火を吹き上げ、思いもかけないところへ飛んでいって爆ぜ、人をびっくりさせる」という一文一段落があり、ここに用いられた「ねずみ花火」という比喩がタイトルにもなっています。

この「ねずみ花火」は、思い出に関して、その方法と内容の二つの点で、たとえになっています。『父の詫び状』のどのエッセイにおいても、思い出されたエピソードの配列は、まさに「ねずみ花火」の動きのように、思いがけなく、びっくりさせます。とりわけ、この作品はそれが極端に出ています。取り上げられているのは、四人の死にまつわるエピソードなのですが、間に空白の一行があるだけで、それぞれをつなぐ表現がまったくなく、どれもいきなり始まっているのです。なぜ、そういう配列にしたのか見当が付きません。思い出している本人もびっくりしているくらいですから。

しかし、私にとって、もっと思いがけなかったのは、思い出す順番よりも、思い出されたのがなぜその四人なのかというほうでしょう。もちろん、四人ともかつて私と関わりはあったのですが、身内ではなく、あくまでも他人であり、四人のうち二人は名前も知らないのです。それでも、それぞれの死が、その時どきの私に強烈な印象を残したのでした。その点、親しい人を失ったエピソードを描いた「隣りの神様」とは訳が違いますから、思い出すこと自体に意外性があると言えるでしょう。

この四人の死に共通点があるとすれば、やはりその死もまたそれぞれ「思いがけない」ものだったということです。最初の、日本刺繍の職人である「若い青年」はお盆休み中に田舎で自殺したと、私は思い込んでいましたし、二人めの冨迫君の母親も死因は書かれていませんが、急な死だったようです。三人めの芹沢先生は予防注射でのショック死であり、最後の、喫茶店のウエイトレスの若い女の子は男友達に殺されたのでした。

こういう死に方ならば、また多少なりともその人に関わりがあるならば、いやでも衝撃を受けるでしょう。ただ、その衝撃も時の経過とともに、少しずつ記憶の底に沈んでゆき、忘れるともなく忘れるというのが、自然の成り行きです。ところが、消え去ったわけではありませんから、「何かのはずみに、ふっと記憶の過去帳をめくって、ああ、あの時あんなこともあった」と思い出すこともあります。「過去帳」という言葉が使われていますが、これは言うまでもなく、お寺で葬った人々の名簿のことで、末尾文の「お盆」や「送り火迎え火」とも結び付いています。

人は二度死ぬ、と言われます。一度めは現実の死、二度めは記憶の死で、二度めの死によって、人はこの世から完全に消えてしまいます。逆に言えば、残った人々の記憶にある限り、人は生き続けるということです。決まりきったお盆の行事はしなくても、また他人の関係ではあっても、そして「束の間の対面」であったとしても、ふっと思い出されるうちは、その人は心の中に生きているわけです。そういうエッセイを「のんきな遺言状」として書き残した向田自身にも、同じような思いがあったかもしれません。

上つがたに知り合いのあろう筈もなく、伺ってみたことはないが、いつか何かの間違いでお目通りを許される機会があったら、そのへんの機微などお伺いしたいものだと思っている。

（チーコとグランデ）

「そのへんの機微」とは、一つ前の段落の、「たとえに引いて恐れ多いが、エリザベス女王などやんごとないお生れの方々は、ケーキやお魚をごらんになっても、大きい小さいなどチラリともお考えにならないものなのだろうか」という内容を受けたものです。このような身分・階級にこだわるのは、食べ物の大きい小さいが気になって仕方がないという私のタチを「生れ育ちの賤しさ」のせいだとしているからです。

しかし、です。そのことも、末尾文最後の「お伺いしたいものだと思っている」も、本当にそう思っているのかというと、あやしいところです。食べ物の大きい小さいが気になることが、そのまま食い意地が張っていることにつながるなら別ですが、子供ならまだしも、大きければ良いというものではありません。そのことは、私自身、外国のレストランで「グランデ」ではなく「チーコ」を頼むエピソードでも示されています。食い意地と関係ないならば、大小を気にするかどうか自体に、身分や階級の違いはないでしょう。

問題があるとすれば、それによって、自分と他人を比較して、羨ましがったり得意がったりするという点ではないでしょうか。これならば、やんごとなき人々であっても、生じうるものです。しかし、食べ物の大小は気にしてきたものの、私にそういう感情があったことは、察せられません。たしかに、子供の頃は、「大きいのが当ると心が弾んだし、小さいと気持がふさいだ」とはあります。それは正直なところでしょうが、あくまでも自分の心の中だけのことであって、それがきっかけとなって本気の姉弟喧嘩に及ぶようなことはなかったでしょう。

食べ物に関しても、家庭内で父親だけが特別扱いされていることは、そもそも私の比較外でしたし、母親や祖母は子供たちと同等かそれ以下だったでしょうから、比較になりません。つまり、食べ物のささやかな大小の違いにムキになったのは、子供の頃の、姉弟間のたわいない争いにすぎなかったということです。

むしろ、「なんとせせこましい人間かと我ながら嫌になるのだが習い性で仕方がない」と思ってしまうのは、他人に対する気遣いに関してです。自分の食べるほうが大きいか小さいかではなく、頂き物と買い置きの物とで大きさに差がある場合、どちらを相手に出すべきかに思い悩んでしまうというのです。そのへんの気遣いを知って、「せせこましい」ととるか、行き届いているととるかは、人それぞれでしょう。少なくとも、生前の向田を知る人々が語るところによれば、家族も含め、後者と受け取っていたようです。

とすれば、この自己評価にも、「お軽勘平」に似て、たぶんに自虐の気味がありそうです。最初のクリスマス・ケーキのエピソードも、「仕事も恋も家庭も、どれを取っても八方塞がりのオールドミス」という自分を憐れんでのものでした。最後になって、知り合いもいない「上つがた」を引き合いに出して来たのも、ことさらに自分の「生れ育ちの賤しさ」を際立たせてみせるためだったと思われます。

もし「上つがた」に伺う機会があったら、そこには、「機微」などというものはなく、気にしないという、あっさりした答えが私には期待されていたはずです。

ご出世なさいますよ、と保証して下さった京都の仲居さんには申しわけないが、この**いいかげん**ていたらくでは見たて違いというほかはなさそうである。

（海苔巻の端っこ）

すでに「海苔巻の端っこ」というタイトルから想像されるように、このエッセイも自虐シリーズの一編です。

「端っこや尻っぽを喜ぶのは被虐趣味があるのではないかと友人にからかわれたが、これは考えすぎというもので、苦労の足りない私はそんなところでせいぜい人生の味を噛みしめているつもりなのだと理屈をつけている」と、エッセイの中ほどにありますが、端っこや尻っぽを喜ぶこと自体の心理的な解釈はさておいて、それを嬉々として書き連ねるところには、自虐の愉快さがありありと出ています。それにしても、「チーコとグランデ」では、大きいほうだったのに、こちらは「端っこ」ですから、極端と言えば極端です。

この最後の段落の直前に、「サラミ・ソーセージの尻っぽのギザギザになったところを噛み噛み書いている。筆立てには捨て切れずにいるチビた鉛筆――」とあり、それが末尾文の言う「このていたらく」です。「京都の仲居さん」とは、私が格式のほども知らないまま一度だけ訪ねた鱧料理の老舗で世話してくれた仲居のことで、彼女から、「この広い座敷で女一人で床柱を背にして悠々とお酒を飲み料理を食べた人はそうはいない」ことから、「あんたさん、きっとご出世なさいますよ」と言われたのでした。

それを末尾文では「見たて違い」としていますが、そもそも店の見たてを間違えたのは私でした。それでも、覚悟を決めて一人きりで鱧料理のコースを完食したのですから、仲居が感心するのも無理はありません。そして、今や大人気のテレビドラマ作家になったことを、本人がよもや「出世」と書くはずもないでしょう。

このエピソードは、私にとって、広い座敷がいかに居心地が悪かったかを示すためでした。食べ物の端っこ好きは、空間の好みにも及び、「狭いところの隅だから気が休まる」のです。これを私は貧乏性ゆえとしていますが、狭い家屋に暮らす大方の日本人なら、共感してやまないところではないでしょうか。

食べ物に関しても、端っこ好きの理由を、「何だか貧乏たらしくて、しんみりして、うしろめたくていい」と逆説的に説明しています。海苔巻であれ、羊羹であれ、カステラであれ、中身のメインであり、かつ形が整っているのは真ん中であって、端っこは捨てられることとさえあります。そういうところだからこそ美味しいというのは、一種の価値観の逆転です。その逆転を、「何だか貧乏たらしくて、しんみりして、うしろめたくていい」のように、敷居を下げて、自虐的に示すあたりが、腕の見せどころになります。

「腕の見せどころ」と言うのは、だから私は端っこしか食べない、というわけではないからです。もちろん、真ん中も食べてきたはずですし、美味しくなかったはずはありません。そこにはいっさい触れることなく、端っこに特化して取り上げてみせるところが、心憎いのです。

端っこには、量的にも質的にも、真ん中にはない希少価値がありますから、それを口に出来れば得した気分になるものです。とりわけ私の場合、「父は何でも真中の好きな人」なのに、「海苔巻に限って端っこがいい」というのでしたから、その思いが強くなるのも納得できます。大した物ではなくても、張り合うと無性に欲しくなるものですよね。

この文章を書くまで忘れていたが、私が現在住んでいるマンションは、二十五年前に腰を下ろした表参道の場所から百メートルと離れていない。（学生アイス）

この末尾文に示されていることは、一番最後のエピソードと関連性がまったくないとは言えません。しかしその場所が現在の住まいに近いということに、どれほどの意味があるかとなると、「この文章を書くまで忘れていた」というのですから、たまたま気付いたというだけであって、それ以上のことはなさそうです。しいて言えば、偶然の面白さでしょうか。このエッセイの中でも、さまざまな偶然の出会いが出て来ます。

その内容を一言でまとめてしまえば、アイスクリームをめぐる学生時代の思い出です。その思い出はどれも、同じ年頃の男性とのほのかな出会いと結び付いています。アイスクリーム売りのアルバイトでペアになった男子学生、アイスクリームを売りに行った先の「心やさしいおにいさん達」、帰省の汽車内で乗り合わせた男子学生。その誰とも、その時限りの関わりであり、彼らに対する私の思いが直接、記されることはありません。

ただ、アルバイトの男子学生は「私に義理立てして」、私と一緒に仕事を辞めることになりましたし、「心やさしいおにいさん達」については、「恥ずかしながら、我が生涯の中でこんなにモテたことはなかった」とあり、汽車で出会った男子学生からは、別れしなに「几帳面な字で住所の名前」を書いた紙片を渡され、「私はこの紙片を随分長いこと定期入れの中にはさんで持っていた」とあります。要するに、若かりし頃はそれなりにモテた、ということでしょう。それが嫌味にならない程度に描かれています。

アイスクリームは、今でこそごく普通の食べ物ですが、戦後まもなくの頃までは、「レストランやデパートの食堂で緊張しながら頂く晴れがましい食べもの」でしたから、それを戸別に売り歩くというのは、新しいアルバイトだったはずです。なぜ私がそのアルバイトを選んだのかは記されていないものの、アイスクリームが小さい頃からの憧れの食べ物だったからではないでしょうか。あわよくば、仕事の余禄があるかもしれないと。しかし、ありがちなことですが、始めてわずか一ケ月で父親の命により辞めざるをえない時になって、「私はほとんど一個も食べていなかったことに気がついた」のでした。

やや強引ながら、それは男子との出会いについても言えそうです。アイスクリームは放っておけばやがて溶けて無くなってしまいます。男子との出会いも同じで、憧れはあっても、そのままでは実際の付き合いには及ばず、終わりになってしまいます。食べそこねたアイスクリームも、付き合いそこねた男子も、今となっては、惜しいやもったいないというよりは、ただ懐かしいだけのものでしょう。

そう考えると、冒頭で、このエッセイの末尾文と内容との関連性のなさを指摘しましたが、じつはそうではないのかもしれません。アイスクリームには、もうとくに思い入れはないようですが、男性についてはどうでしょうか。

二十五年前に一緒に腰を下ろした相方とそれっきりになった場所にほど近いマンションに一人暮らしをする今の私。その長い間にいろいろあったにせよ、気付けば場所も状況も、何も変わっていないことを、あらためて思い知らされているような気がします。もちろん、後悔の念などあろうはずもなく、ですが。

この人にとって、俳聖芭蕉のもののあわれは、わが足許なのである。（魚の目は泪）

このエッセイは、内容といい、タイトルといい、末尾文といい、残念ながら、『父の詫び状』の中では、あまり出来の良くない作品と言わざるをえません。長く連載していれば、いつも均質というわけにはゆかず、多少の出来不出来も生じるものでしょう。それにしても、ポイントとなる芭蕉の「行く春や鳥啼き魚の目は泪」という句を、初出時は「行く春や鳥啼き魚の目に泪」と間違えていたのですから、いくら「夜中の薔薇」の向田とはいえ、笑えません。

末尾文の「この人」というのは、最後のエピソードで紹介される「私の友人」であり、「魚の目」と呼ばれる、ひどい痛みを伴う、足の皮膚の炎症を患っています。それを「俳聖芭蕉のもののあわれは、わが足許なのである」というわけですが、ダジャレにさえなっていませんし、ここに「もののあはれ」を持ち出すのも、どうかと思います。

このエッセイには、魚の目をはじめとして、さまざまな目が登場します。その点は、さすがに目の付けどころが違うと感心させられますが、それ以外の寄り道が目立ちます。たとえば、魚の眼肉の話題の後に出て来る「骨湯」。魚つながりではありますが、目は関係ありません。それなのに、そのすぐ後に、くだんの芭蕉の句が引かれ、「芭蕉大先生には申し訳ないが、私は今でもこの句を純粋に鑑賞することが出来ない」としています。

さらに、その次の話題への移り方も唐突で、桜の花びらで作った腕輪や首飾りのことやら、祖母の飼っていた十姉妹のことやら、父親が夏に着る白麻の服のことやら、取り止めのない話が続きます。芭蕉句からの連想で、「行く春」の季節感を出したかったのかもしれません。しかし、全体の流れからは、ここだけが浮いているように感じられます。

そうして、とどめに、「ところで、先ほどの「行く春や」の句には、もうひとつ蛇足がつく」という一文があって、末尾文に連なるエピソードが始まるのです。魚の目は「私は経験がない」ということですし、末尾文も「この人にとって」なのですから、あくまでも友人から聞いたネタにすぎません。単なる分量稼ぎではないとすると、なぜこんなエピソードを最後に持って来たのでしょうか。「ポロリと取れる」魚の目は、「真珠にしては小汚い、それこそ小鯵の目玉位のもの」ということで、目つながりというのでは、ちょっといただけません。

芭蕉のこの句は、有名な「おくのほそ道」という作品内にあり、いよいよ旅立つ場面で詠まれたものです。初めての東北への長旅であり、健康にも不安があった芭蕉には、見送る人々との人生最後の別れになるかもしれないという思いがありました。この句には、行く春を惜しむだけではなく、人との別れを惜しむ、万感の思いが込められていたのです。

ここからは完全な妄想です。私の友人とは、ただの友人ではなかったのではないか。もっと言えば、私にとってかけがえのない、死に別れた人だったのではないか。「今でもこの句を純粋に鑑賞することが出来ない」のは、その人のこと、その人から教わったことを思い出してしまうからではなかったか。

そう考えると、途中での急な文脈の乱れも理解できますし、最後のエピソードの位置付けも納得がいきます。私は、それを誰にも察せられることのないようにして、多少の無理をしてでも、書き残しておきたかったのです。句の覚え違いが、その何よりの証です。

私は目をつぶってアメリカの家庭料理の匂いをご馳走になっているのである。
（隣りの匂い）

タイトルの「隣り」は、隣家・隣人のことです。末尾文は、現在の隣人であるアメリカ人の家庭から、夕方になると、「今迄にかいだことのない香料の入ったシチューやスープの匂いがドアのすき間から漂ってくる」ことに関してです。

匂いが、食べ物について当てはまるのは、この最後のエピソードだけです。高松の社宅に関する思い出の中にも、「夏の夕方の、瀬戸内特有の夕なぎの時には、濠の水も煮立つように熱いすえた匂いを放つ」とありますが、これは食べ物ではありませんし、決していい匂いでもありません。ついでに言えば、食べ物の話題も他には出て来ません。

このエッセイのエピソード同士をつないでいるのは、家族あるいは自分の住まいの隣りのありようという一点です。独立するまでに、「社宅を含めて、二十軒の家を転々とした」というのですから、普通の人に比べれば、それなりの数の、いろいろな隣人に巡り合ったことでしょう。その中の「三つ四つ忘れ難いもの」が紹介されています。

そのうち、高松の社宅については、人の住む「隣りがなかった」という点で例外であり、それゆえに忘れがたかったのでしょう。他は、隣りの歯科医の奥さんが家で急死したことや、一人暮らしを始めたマンションの隣りの女性が政治家の愛人だったことなどで、ただその事実だけではなく、私にもそれぞれに多少の関わりがあったということから、記憶に残っていたと思われます。

もっとも、それらがその後の私の人生や家族に影響を与えたというほどのものではありません。政治家のほうは、もしかしたら私も愛人の一人になっていた可能性がまったくないとは言えませんが、実際にはありえないことでした。

そもそも、隣人との関係というのは、その程度のものではないでしょうか。とりわけ、たびたび転居を繰り返す家族にとっては。そういう私には、幼い頃から、「この土地にも物にも人間にも、別れの悲しくない程度につきあったほうがいい、という考え方が身についてしまったようだ」とあるのも、うなずけることです。

にもかかわらず、「隣りは何をする人ぞ」と、つい気になってしまうのもまた、確かです。田舎のような、うっとうしいほどの近所付き合いをすることのない住宅地の、あるいはマンションの隣り同士であっても、隣りという関わりがある限りにおいて、そのつもりはなくても、気になるのです。もともと好奇心の強い人ならなおさらです。それが高じた挙句のことを描いてみせたのが、向田の「隣りの女」という小説でした。

『父の詫び状』には、「隣りの神様」というエッセイもありました。「すぐ隣りが神様というのはご利益がうすいような気」がしたというのも、神様だからであり、人間同士ならば、ご利益のことを考えることはないでしょう。このエッセイのエピソードに出てくるお隣りの誰からも、何らかのご利益があったことは書かれていません。

ただし、最後のエピソードだけは別です。「マンション暮しのかなしさで、会釈程度のつきあいだから、トラブルもない代りこれといった情も湧かない」としながらも、お隣りから一方的に与えられる「ひそかな楽しみ」つまりご利益があるのです。それが、末尾文にある匂いなのでした。もちろん、私好みの匂いだからこそです。

そして澤地女史のアマゾン・ダイヤのきらめきも欠かすことができない思い出のひとこまなのである。

（兎と亀）

このエッセイの冒頭は、「一度だけだが、外国でお正月を迎えたことがある」という一文です。末尾文の「思い出」というのは、南米のペルーの首府リマでのお正月のことです。初出の際には、そのまま「リマのお正月」というタイトルでした。

最後の段落には、「窓から降る紙の雪。哀しい味のお雑煮、スペインなまりのおめでとう。青臭かったサボテンの実。兎と亀を間違えた二世の青年」とあり、末尾の「そして」に続きます。このエッセイは、書かれてある思い出の内容のポイントを順番に並べた最後の段落が、全体の要約をしている文章と言えます。このよう終わり方は、『父の詫び状』では他に見当たりません。

そうなったのは、このエッセイが記録を兼ねた紀行文のような性格を帯びているからです。そのため、地名はもとより、登場する人名も実名で出て来ます。末尾文の「澤地女史」

もその一つです。芭蕉や漱石などという歴史的な人物ならともかく、まだ在世中の人物の実名を挙げる場合、憚られることもあるのではないでしょうか。私の家族でさえ、父親以外は実名を出していませんし、「チーコとグランデ」というエッセイでは、「悠木千帆」という芸名とともに、女優の「Mさん」と書いてから、「やっぱり本名でいきましょう。森光子さんである」とためらいを見せているくらいです。

向田と澤地はごく親しい友人だったようですから、実名を出して、少々のことを書いてもかまわないと判断したのかもしれません。ただ、そういう判断以前に、このエッセイを紀行文のように書こうと思った時、特定の人物だけを匿名やイニシャルで示すのは不自然と考えた面もあったのではないかと思われます。

紀行文とはいえ、「私とは正反対の几帳面で筆まめなタチ」の澤地女史と違って、克明な記録ではなく、あくまでも印象に強く残ったことしか書かれていません。それが最後の段落に並列されたことがらです。その最後の最後に「澤地女史のアマゾン・ダイヤ」が出て来るのは、順番どおりというだけではなく、他の人・物とは違って、今でもそれを見れば二人で語り合えるという意味で、思い出のよすがとなっているからでしょう。

タイトルの「兎と亀」が思い出の一つに挙げられている「兎と亀を間違えた二世の青年」のエピソードから採られたのは、明らかです。お邪魔した家で出会った日系の青年が、アマゾン川にいる大きなカメのことを、日本語で「亀」ではなく「兎」と説明したのです。その間違いについて、私は、「移民として渡った一世のお祖母さんから、子守歌がわりに「兎と亀」の御伽噺を聞かされた。ウサギとカメという単語は覚えたが、日本語の実感のない悲しさで、取り違えたのだろう」と、理由を推測しています。そのうえで、「その国のお伽話は、その国の言葉で、その国の風土の中で語られなくては駄目なのだ、と痛感した」というあたりをこのエッセイのポイントに据えようとしたのかもしれません。

それはともかく。このタイトルのことを忘れてしまったのか、『父の詫び状』が出版された後にも、まったく同じ「兎と亀」というエッセイを発表しています（『霊長類ヒト科動物図鑑』所収）。こちらは、お伽話の内容をふまえて、私は兎派か亀派か、という自分語りになっています。

ハイドンの「おもちゃの交響楽」にならって、わが「お八つの交響楽」を作れたらどんなに楽しかろうと思うのだが、私はおたまじゃくしがまるで駄目なのである。
（お八つの時間）

このエッセイの最後の段落は、「車中の皆様」に次いで長く、文庫本で八行もあります。その内容は、お八つとは直接関係しない、子供の頃に聞いたラジオ番組のことであり、その中の英語のニュースを「音楽のように聞いていた」というところから、「それにしても私は自分に作曲の才能がないのが悲しい」とあり、末尾文につながっています。こういう自虐的な終わり方は、すでに見てきたように、向田エッセイの一つのパターンになっています。

「昭和十年頃の中流家庭の子供のお八つは大体こんなところだった」として、三十種以上のお菓子名が羅列されています。他にも、「一番古いお八つの記憶」としてあるボオロとウエファス、親に買い食いを禁じられていた綿飴やアイスキャンデー、銀座で食べさせてもらったプリンやアイスクリーム、「一番豪華」だったシュークリームやチョコレートの詰め合わせ、戦時中のふかし芋や固パン、炒り大豆、戦後まもなくのカルメ焼きなど、これでもかというくらいに挙げられます。その記憶力のすごさもさることながら、子供のお八つに対する執着のすごさにも驚かされます。

「お八つ」というのは、旧暦での一日の時間の示し方で、今の午後三時前後を表し、その時間帯に食べる、昼飯と夕飯の間の軽食のことも意味するようになりました。子供の頃、その時間に決まってお菓子が食べられたか否か、食べたとして、そのお菓子がどんなものだったかは、家庭によってさまざまでしょうが、「昭和十年頃」そして「中流家庭」とは言いながらも、私の家のお八つは、なかなかにオシャレで贅沢で多様だったように思われます。

当然ですが、お八つは普通、子供が自ら調達するものではなく、親が準備してくれるものです。どんな時であれ、お八つを食べることができたとすれば、それは親のおかげに他なりません。このエッセイでは、そのことが表立っては示されていませんが、病気になることを心配して親が買い食いを禁じたことの裏表として示されています。それが分かっていても、いな、分かっているからこそ、家で口にする決まりきった安全な物よりも、外で禁じられている危険かもしれない物を、子供はえてして食べたくなるものです。私はそう思うだけで、ほとんど実行はしなかったようですが。

すでに大人になっている私は、「子供はさまざまなお八つを食べて大人になる」というところから、「子供時代にどんなお八つを食べたか、それはその人間の精神と無縁ではないような気がする」とまで、おおげさな物言いをしています。この伝によれば、贅沢なお八つを食べた私は、贅沢な精神の持ち主になったということになるのかしらん。

それはともかく、このエッセイについて確かに言えることは、子供の頃のお八つを思い出すことに、それを書き連ねることに、私が無上の喜びを感じていたということです。それは同時に、子供時代に満ち溢れていた、家庭の、生活の幸せを思い返していたということでもあります。そういう心のはずみが、エッセイ最後の、数多の管弦楽器がハーモニーを奏でる「交響楽」のイメージを呼び起こすことになったのでしょう。

その代り拾ったものは、人の情けにしろ知識にしろ、猫ババしても誰も何ともおっしゃらないのである。（わが拾遺集）

じつはこの末尾文は、単行本にする際に書き換えられたものです。連載時は、「そのことは、また別の、締切に追われた時にゆっくり思い出してみようと考えている」だったのです。連載時の冒頭部分には、締切に追われた時に想像した拾い物について、四百字以上にわたって書かれているのですが、それをバッサリと削除したのに伴う措置だったと思われます。このような、エピソード一つ丸ごとの削除は、他に「お軽勘平」の末尾部分にあるくらいです。

「わが拾遺集」というエッセイの最後の段落は七文で六行ありますが、末尾文の差し替えもあってか、どうも座りが良くありません。達磨落しに関わる最初の四文と、次の「考えてみると」で始まる三文とがしっくりとつながらないのです。

向田邦子研究会編『向田邦子文学論』（新典社）の巻末付録に、栗原敦氏による『『父の詫び状』本文異同一覧」という、初出と単行本での本文の違いを示したものがあります。その一覧で、改行の有無を調べてみたら、意外なことが分かりました。初出での改行無しが単行本で有りになったのが四ケ所なのに対して、その逆が十六ケ所もあるのです。つまり、段落を増やすよりも減らすほうが圧倒的に多いのです。

ちなみに、「わが拾遺集」では、単行本の冒頭になった「はじめて物を拾ったのは七歳の時である」の一文が次の文と連続していたのが改行されました。しかし、最後の段落のほうは、末尾の一文が入れ替えられても、改行無しのままです。

もちろん、改行の有無、段落の切り替えの有無によって、何かが決定的に変わるというわけではありません。それでも、文章の最後だけは、ずいぶんと印象に違いが出るように思われます。最後が短い段落、短い文であればあるほど良い、とまでは言えないものの、長々しいのに比べれば、決めの文句としての切れ味が勝っているはずです。

「わが拾遺集」の場合、末尾の一文だけで最後の段落にするのはさすがに難しいかもしれません。しかし、せめて「考えてみると、財布や手袋以外の目には見えない、それでいてもっと大事なものも、落したり拾ったりしているに違いない。こちらの方は、落したら戻ってこない。その代り拾ったものは、人の情けにしろ知識にしろ、猫ババしても誰もなんともおっしゃらないのである」という三文で最後の一段落だったら、「目には見えない、それでいてもっと大事なもの」という表現が、より含蓄のある内容として、読み手の心に響くのではないでしょうか。

タイトル内の「拾遺」は、残っていた良いものを集めて補うというのが本来の意味です。このエッセイに取り上げられているような、実際に物を落としたり拾ったりすることとは、何の関係もないのです。関係があるとすれば、その最後の三文に暗示されていることとみなすのは、いささか贔屓が過ぎるかもしれません。

蛇足ながら、気になるのは、エッセイ冒頭のエピソードです。七歳の時、はじめて拾った物が、家族で上がった料理屋で、酔った客が落とした「男物の大ぶりの財布」であり、「幸先のいいスタートを切った」とあるのですが、これはそのまま猫ババしてしまったということなのでしょうか。

だから私は、母に子供の頃食べたうどん粉カレーを作ってよ、などと決していわないことにしている。
（昔カレー）

漱石の名作「坊っちゃん」の末尾文は、「だから清の墓は小日向の養源寺にある」です。この一文を、井上ひさしは日本の近代文学作品の中でもっとも素晴らしい末尾文と絶賛しました。とくに、「だから」という接続詞が良いというのです。

「坊っちゃん」では、最後の部分になって、「清の事を話すのを忘れていた」と、あたかも付け足しのように、下女の清のことについて触れるのですが、この終わり方からすると、じつは清のことがいちばん書きたかったのではないかと思えます。

末尾文の「だから」は普通には、すぐ前の「死ぬ前日おれを呼んで坊っちゃん後生だから清が死んだら、坊っちゃんのお寺へ埋めて下さい。お墓のなかで坊っちゃんの来るのを楽しみに待っておりますと云った」を受けているととれます。しかし、そうではなく、じつはこの物語の展開全体を受けての「だから」なのではないかと考えられるからです。

長い枕となりましたが、「昔カレー」というエッセイを書く時、向田が「坊っちゃん」を意識したというわけではありません（漱石作品を愛読していたようですが）。言いたいのは、「坊っちゃん」と同じく、このエッセイの末尾文の「だから」も、直前の文脈だけを受けるのではなく、描かれたエピソード全体つまりは子供の頃の思い出のすべてを受けているのではないかということ、そしてそれゆえに、「だから」という接続詞で始まる末尾文が、ひときわ味わい深いものになっているのではないかということです。

このエッセイは、『父の詫び状』で唯一、末尾文の頭に、「だから」という接続詞を使っています。他に、末尾文の頭に接続詞が見られるのは、「子供たちの夜」の「だが」と「薩摩揚」の「ところで」の二つで、どちらも順接の「だから」とは働き方も重さも異なります。向田はいったいに文章に接続詞をあまり用いないほうで、「昔カレー」の中でも接続詞は十個足らずであり、しかも問題の「だから」は末尾文の一回だけです。とすれば、この末尾の「だから」には、それ相当の特別な意味があると言えるでしょう。

空白行で仕切られる最後のパートも、昔のカレーのことが楽しげに語られているのですが、途中ではたと気付いたかのように、「ところで、あの時のライスカレーは、本当においしかったのだろうか」という問いを発します。その前までは、「ライスカレーは大好物だった」と言い、「カレーをご馳走と思い込んでいた」とも言いながら、「おいしかった」とは一言も言っていないのです。この問いは、「何が一番おいしかったか」という話をした時の、「おふくろの作ったカレーだな」というテレビプロデューサーの答えとつながっているのですが、その答えも本当はおいしさが理由ではないと察したのかもしれません。

そこで、自分の立てた問いに対する答えが、「思い出はあまりムキになって確かめないほうがいい」でした。これは、答えそのものというよりは、答えないという答えです。答える相手は、もちろん思い出を語る私自身ですが、その答えは読む側にも向けられていると考えられます。つまり、思い出すことそのものが大事なのであって、それが本当か嘘かというのはたいした問題ではないということです。「だから」、それを確かめるようなことは「決していわない」という末尾文が見事なしめくくりになるのです。

わが生涯で、はじめて壺を選んだ、幼い目が詰まっているのである。（鼻筋紳士録）

この「鼻筋紳士録」というエッセイが、連載の最終回となりました。当初、六回の予定だったのが、好評を受けて、四倍にまでふくらんだのでした。最終回となることは、その旨を記す「あとがき」がありますから、向田本人も承知していたはずです。あるいは本人から切り出したのかもしれません。気になるのは、このエッセイを連載の最後のつもりで書いたのかということです。

最後のつもりなら、連載全体をしめくくるような内容や表現にしそうな気がするのですが、その気配がまるで感じられません。プツンと終わった感じです。家族や自分のエピソードは出て来ますが、どれも断片的です。最後のエピソードは小壺に関してで、末尾文もそれに関してにすぎず、「幼い目が詰っている」という説明も、エッセイ全体に関わるようなことを示唆するものではありません。

そういう意味では、「鼻筋紳士録」というタイトルも、それが量的には中心の内容になっているといえば言えるものの、なにせ「紳士」なのですから、女性を含む私の家族に関する話も、犬猫に関する話も、小壺の話も、除外されてしまいます。

要するに、このエッセイには、全体として向田らしい冴えが感じられないということです。『銀座百点』に掲載されたのが一九七八年六月号。その年の五月には「ままや」を開店し、前年からテレビドラマの仕事も再開しています。もはや療養中の「のんきな遺言状」どころではない状況だったと想像されます。

「鼻筋紳士録」というのは、「鼻梁が高く鼻筋の通った典雅な鼻」と「高からず長からずの親しみやすい鼻」の二つのタイプで、歴代の紳士を分類したものを称しています。こういう視点は、向田ならではと思われますが、そもそもそういう視点を持つに至ったのは、私が後者のタイプであり、それがコンプレックスになっているからとしています。そのコンプレックスを植え付けたのが、父親であり、父方の祖母でした。

「子供心に随分と傷ついた覚えがある」とあるように、「父は男の癖に人の顔かたちをあげつらうところ」があり、「私は、父のこういうところが大嫌いだった」と、これだけは他のエッセイと異なり、おそらくは今でも許しがたいこととして、情け容赦なく断言しています。

分からなくもありません。たとえば、「邦子は鼻があぐらをかいているのだから、坐るときぐらいキチンと坐れ」とか、「目を大事にしろ。お前の鼻はめがねのずり落ちる鼻なんだから」とか、よくまあ思い付いたものです。他のエッセイに引かれている父親の言葉と比べてみても、毒のある分だけ、出色な表現です。そう言えば、「記念写真」のエピソードでも、家族写真を撮ろうという時に、よりによって鼻の頭に出来たおできが赤く腫れてしまいベソをかく私に、父親は「お前の鼻を写すんじゃない」と怒鳴っていました。

最後のエピソードに出て来る小壺は、私がそういうのを好むのは、その「ずんぐりむっくり」の形が自分の鼻に似ているからということで、鼻の話題と結び付いています。それにしても、末尾文の「幼い目が詰まっている」表現は、思わせぶりな分だけ、正直なところ、だから何？ と思わざるをえません。まあ、さすがに「鼻が詰まっている」とするわけにもいかなかったでしょうけれど。

ところで、鹿児島へは行ってみたい気持半分、行くのが惜しい気持半分で、あれ以来、まだ一度も行かずにいる。
（薩摩揚）

「薩摩揚」というエッセイは、「わが人生の「薩摩揚」」というタイトルで、連載の第一回を飾ったものでした。その気負いのほどが文章のあちこちに認められますし、以後のエッセイの要素がすべて盛り込まれていると言っても過言ではありません。

たとえば、連載時のタイトルでは、「薩摩揚」に対して、「わが人生の」という大仰な形容が付いていました。単行本では、さすがにこの形容は外されましたが、本文には、末尾文の直前の段落が、それに対応するくだりとして、ちゃんと残されています。それがこのエッセイの実質的なしめくくりにもなっています。

かの有名な「失われた時を求めて」の主人公は、マドレーヌを紅茶に浸した途端、過ぎ去った過去が生き生きとよみがえった。私のマドレーヌは薩摩揚である。何とも下世話でお恥ずかしいが、事実なのだから、飾ったところで仕方がない。

「下世話でお恥ずかしい」としながらも、かの文豪・プルーストに張り合おうという気概を見せているのですから、大したものです。それは、食べ物をきっかけとして、過去の思い出を綴るという、連載エッセイの基本方針を示すことでもありました。

そして、選ばれた第一弾が、鹿児島における薩摩揚でした。それが私の人生の「原点」であり、「この十歳から十三歳の、さまざまな思い出に、薩摩揚の匂いが、あの味がダブってくる」のでした。

連載時は、この「薩摩揚」が第一回、すでに取り上げた「昔カレー」が第二回ですが、単行本では順序が逆になっています。その結果、面白い食い違いが生じてしまいました。「昔カレー」では、その味に関して「ムキになって確かめないほうがいい」というのがまとめだったのに、「薩摩揚」では確かめてしまっているのです。

作品冒頭で「初めての土地に行くと、必ず市場を覗く」とあり、鹿児島のと同じ形の薩摩揚を見ると、つい買ってしまいます。「そして、いつも裏切られる」のでした。その理由は、「私にとっての薩摩揚は違うのだ。三十六年前に鹿児島で食べたあの薩摩揚でなくてはならない」ということです。だからこそ、「ムキになって確かめないほうがいい」、となったはずなのに。

エッセイの順番は、時間軸に沿ったエピソード順というわけではありませんから、それ自体としては前後してもさしつかえないのですが、今現在の私という同一の視点から見れば、それなりに展開の整合性がないと、読み手は戸惑ってしまいます。全体の配列の仕方は、向田本人ではなく、編集者に任せたようなので、向田の責任ではないものの、この点に限っては、「薩摩揚」が先で、「昔カレー」が後の方が無難だったのではないでしょうか。

「ところで」という接続詞によって、最後に話題を転換して文章を終えるというのは、エッセイ一般において比較的よく用いられる方法です。きっちりしめくくるのではなく、ふわっと余韻を残す方法です。この末尾文もそれに倣ったようにも思われますが、じつは仕掛けがあります。それは、あの頃の鹿児島での薩摩揚の本物の味はまだ確かめていない、つまり「ムキになって確かめ」るのを、ギリギリのところでためらっているのでした。

私の掌が小さかったのだ。　（卵とわたし）

この末尾文の前に、「卵が大きかったのではないだろう」という一文があり、末尾文と対になって、最後の段落を構成しています。この対は、思い出の中の、物と私との関係、過去の私と今の私との関係を物語る表現として、すぐれて象徴的です。

作品の冒頭は、「卵を割りながら、こう考えた」という、気取りのある一文で始まり、すぐ「と書くと、なにやら夏目漱石大先生の「草枕」みたいで気がひけるが」と言い訳をしながらも、全編、見事なくらいに、卵にまつわる思い出話に終始しています。

卵は今やごく日常的な食べ物ですから、誰でも一つや二つくらいは、それに関する思い出はあるでしょうが、これだけ沢山のことが次々と繰り出されると、よほど卵に対する私の思いが強かったと思わずにはいられません。

ここで言う「卵」は、人間の食用となり滋養ともなる鶏の卵のことであり、エピソードもそれが中心ですが、そもそもは生物の繁殖の元になるものです。それが強く表に出ている小説が「噓つき卵」であり、このエッセイの中でも、「生卵を割った時、血がまじっていることがある。子供の時分は、「ウワワア、気持が悪い」で済んでいたが、「おとな」になってからは少し違ったものになった。ひどくきまりが悪くて、困ってしまうのである」のように、ほのめかされています。

しかし、そういうエピソードは例外的であって、大方は食用としての卵に関してであり、その思い出が矢継早に並べられます。卵のおじやから始まり、お弁当のおかずの卵焼きといり卵、と来て、「タマゴ」とあだ名された女の子、カラにメッセージが書かれたゆで卵、生卵かけ御飯、このあたりまではまだ食べ物つながりなのですが、その次は、縫い目のない卵のカラ、形、割れる割れない、それから、チャボの話を経て、卵の大小のこと、卵に対する犬猫の好き嫌い、と続くのです。よく言えば、まさに変幻自在、悪く言えば、無秩序です。どちらであれ、読み手を唖然とさせるような筆のスピード感こそが、向田エッセイの持ち味ということでしょう。

終わり近くに、「魂が宙に飛ぶほどの幸福も、人を呪う不幸も味わわず、平々凡々の半生のせいか、わが卵の歴史も、ご覧の通り月並みである。だが、卵はそのときどきの暮しの、小さな喜怒哀楽の隣りに、いつもひっそりと脇役をつとめていたような気がする」のようなまとめがあります。

これは、このエッセイが始まってすぐの、「子供の頃から、卵には随分とお世話になっている」に対応するものであり、その文章を読む限りでは、「わが卵の歴史も、ご覧の通り月並みである」というのは、その通りと言えるかもしれません。そもそも卵にどれほど大きなドラマが期待できるものでしょうか。卵によって、「魂が宙に飛ぶほどの幸福」や「人を呪う不幸」を味わうことは、きわめて考えにくいことです。そうなのです、だからこそ、そういう、たわいもない、しかも誰もがすぐに思い浮かべられるような食べ物を、向田が選んだのです。このエッセイ集のエピソード全体がそうであるように。

もちろん、そういう意味では、納豆でも海苔でも魚肉ソーセージでも良かったかもしれません。しかし、それらでは肝心の象徴的な末尾文の収まりが付かないでしょうね。

「父の詫び状」は、そのまま「母への詫び状」になってしまった。　（あとがき）

この「あとがき」は、単行本にするにあたって新たに書き下ろされたものです。『父の詫び状』の各エッセイの分量は、文庫本でだいたい十ページくらいなのに対して、「あとがき」はその半分にもなりませんが、それでも一般的なあとがきに比べたら、長めでしょう。内容も、「あとがき」らしく、執筆にまつわる裏話と言えば言えるものの、それだけでは終わらない重さがあります。

向田は、手術後の経過が良かったからこそ、この「あとがき」が書けたと言えます。「文章という形でまとまったものを書いたのは初めての経験」でしたから、連載を無事に終えることができた感慨もあったことでしょう。やっと体も心も落ち着いてきたことについて、「一番の薬は三年という歳月であるが、文章を書くことを覚え始めた張合いも精神安定剤の役割を果したようだ」とも記しています。

そのうえで、この「あとがき」がありきたりのあとがきではなく、他のエッセイ同様の一つの作品たりえているとすれば、それは、文章の結構の工夫にあります。

たとえば、冒頭。「三年前に病気をした。病名は乳癌である」という、いきなりの告白から始まります。本編のエッセイでは、まったく触れられていなかったのですから、あとがきの冒頭としては意想外であり、まさかという思いにさせられます。

そうして、「気張って言えば、誰に宛てるともつかない、のんきな遺言状を書いておこうかな、という気持」で書いたと知れば、逆に、読み手のほうはとてものんきな気持では読めなくなってしまいます。ごく限られた仕事関係者以外には、家族にさえ病気のことを伝えていなかったのでした。今でも癌は死病の一つですが、当時はもっと深刻な病いでしたから、「遺言状」という言葉は、誇張でも何でもありませんでした。

この冒頭があっての、「「父の詫び状」は、そのまま「母への詫び状」になってしまった」という末尾文です。この時点で、父親が存命であったなら、「父の詫び状」はもとより、このようなエッセイ集も出せなかったかもしれません。仮に出せたとしても、「父の詫び状」が「父への詫び状」になることはきっとなかったでしょう。

「母への詫び状」となりえるのは、まだ母親が存命であり、「三年間だましていた親不幸を謝るつもりでいる」からでした。じつは、母親は早くから娘の病気に気付いていたことを、その後に向田は知ることになります。つまり、母親も娘同様に、何も言わないことによって、相手を気遣っていたのです。

しかし、それだけではありません。「父の詫び状」というのは、そのエッセイであり、エッセイ集のことです。とすれば、それが「母への詫び状」となるのは、書かれている内容そのものです。その内容は、娘の立場からすれば、とくに母親に関しては謝罪するようなものではなく、感謝しかないでしょう。にもかかわらず、「詫び状」となる理由があるとすれば、一つしかありません。父親からの「詫び状」です。私は父親になりかわって、母親に苦労をかけ続けたことを詫びたのでした。そんな気持はとっくに分かっていた、と母親に言われるのを知っていながらも。

おわりに

二〇一九年秋に、『最後の一文』（笠間書院）という本を出しました。前評判は悪くなかったのですが、思ったほど話題にはならずじまいでした。

それでも、著者自身の関心が冷めることはなく、今度は特定作家の作品で集中的に取り組んでみようという気になりました。そこでまっさきに思い浮かんだのが、向田邦子でした。理由は「はじめに」に記したとおりです。ただ、小説のほうはともかく、エッセイは、はたして論じられるかという不安がなくもありませんでした。結果的には、杞憂に終わりましたが、それもひとえに向田作品だからこそでした。

向田の短編小説は網羅したものの、エッセイは数ある中から『父の詫び状』一冊に限定しました。「手袋をさがす」や「字のない葉書」などの人気エッセイは含まれていませんが、『父の詫び状』には向田エッセイのエッセンスが含まれていると考えてのことです。

できれば彼女の本業であったテレビドラマのシナリオもと、当初は欲張っていました。

しかし、分量と力量の限界があって、今回は見送ることにしました。

著者も所属する向田邦子研究会は、向田が亡くなった一九八一年の七年後に創設され、二〇一八年には『向田邦子文学論』（新典社）という本も出しました。何とか若い方々にも向田文学の魅力を知ってもらいたいという強い思いがあってのことですが、本著も同様です。来年は、もう没後四十年となります。

今回も新典社さんから、しかも同時にもう一冊とともに新書で出していただくことになりました。あいかわらずの出版不況のことを考えれば、感謝しかありません。少しでも売れて、報いることが出来ればと祈るばかりです。

ちなみに、この本の原稿をまとめたのは、未曽有の新型コロナウイルス騒ぎによって自宅待機を余儀なくされ始めた頃です。『向田邦子の比喩トランプ』（新典社新書）を出したのが二〇一一年、忘れもしない東日本大震災の年でした。向田邦子と災害に何の関係もないでしょうが、奇しき因縁を思わずにはいられません。

半沢 幹一（はんざわ かんいち）
1954年2月9日　岩手県久慈市生まれ
1976年3月　東北大学文学部国語学科卒業
1979年3月　東北大学大学院文学研究科修士課程修了
2019年3月　同上博士課程後期修了
学位：博士（文学）
現職：共立女子大学文芸学部教授
主著：『文体再見』（2020年, 新典社）
『最後の一文』（2019年, 笠間書院）
『題名の喩楽』（2018年, 明治書院）
『向田邦子文学論』（向田邦子研究会編, 2018年, 新典社）
『向田邦子の思い込みトランプ』（2016年, 新典社）
『言語表現喩像論』（2016年, おうふう）
『表現の喩楽』（2015年, 明治書院）
『日本語　文章・文体・表現事典』（共編, 2011年, 朝倉書店）
『向田邦子の比喩トランプ』（2011年, 新典社）

新典社新書 80

向田邦子の末尾文トランプ

2020年8月22日　初版発行

著者 —— 半沢幹一
発行者 —— 岡元学実
発行所 —— 株式会社 新典社
〒101-0051　東京都千代田区神田神保町1-44-11
編集部：03-3233-8052　営業部：03-3233-8051
ＦＡＸ：03-3233-8053　振　替：00170-0-26932
https://shintensha.co.jp　E-Mail:info@shintensha.co.jp

印刷所 —— 惠友印刷 株式会社
製本所 —— 牧製本印刷 株式会社

ISBN 978-4-7879-6180-8 C0295

◆ 新典社新書 ◆

㉙芝居にみる江戸のくらし　吉田弥生
㉚我を絵に看る
——芭蕉の甲斐行——　楠元六男
㉛源氏物語 二つのゆかり
——継承の主題と変化——　熊谷義隆
㉜御家騒動の物語
——中世から近世へ——　石黒吉次郎
㉝礼法を伝えた男たち　綿抜豊昭
㉞文豪だって漢詩をよんだ　森岡ゆかり
㉟清少納言〝受難〟の近代
——「新しい女」の季節に遭遇して——　宮崎荘平
㊱男はつらいよ 推敲の謎　杉下元明
㊲古事記の仕組み
——王権神話の文芸——　志水義夫
㊳千と千尋の神話学　西條 勉
㊴『宇治拾遺物語』の中の昔話　廣田 收
㊵跳んだ『源氏物語』
——死と哀悼の表現——　天野紀代子
㊶和歌を力に生きる
——道綱母と蜻蛉日記——　堤 和博
㊷「危機の時代」の沖縄
——現代を写す鑑、十七世紀の琉球——　伊藤陽寿
㊸神の香り秘法の書
——中国の摩崖石経・下——　北島信一
㊹智恵子抄の光景　大島裕子
㊺昔男の青春
——『伊勢物語』初段～16段の読み方——　妹尾好信

㊻涙の美学
——日本の古典と文化への架橋——　榎本正純
㊼琉球の恋歌
——「恩納なべ」と「よしや思鶴」——　福 寛美
㊽初代都太夫一中の浄瑠璃
——音曲に生きた元住職——　小俣喜久雄
㊾万葉集を訓んだ人々
——「万葉文化学」のこころみ——　城﨑陽子
㊿源氏物語 姫君のふるまい　太田敦子
51 アニメに息づく日本古典
——古典は生きている——　山田利博
52 紫式部・定家を動かした物語
——謙徳公の書いた豊蔭物語——　堤 和博
53 ことばと文字の遊園地　小野恭靖
54 女神たちの中世神話　濱中 修
55 向田邦子の比喩トランプ　半沢幹一
56 夜の海、永劫の海　福 寛美
57 ウラ日本文学
——古典文学の舞台裏——　岩坪 健
58 コロポックルとはだれか
——中世の千島列島とアイヌ伝説——　瀬川拓郎
59 万葉集からみる「世界」　井上さやか
60 つける 連歌作法閑談　鈴木 元
61 アイヌの沈黙交易
——奇習をめぐる北東アジアと日本——　瀬川拓郎
62 少年少女のクロニクル
——セラムン、テツジン、ウルトラマン——　志水義夫

63 萬葉の散歩みち 続　廣岡義隆
64 文豪たちの「？」な言葉　馬上駿兵
65 ぐすく造営のおもろ
——立ち上がる琉球世界——　福 寛美
66 向田邦子の思い込みトランプ　半沢幹一
67 知ったか源氏物語　山田利博
68 宮廷の御神楽
——王朝びとの芸能——　中本真人
69 京アニを読む　野村幸一郎
70［文法］であじわう名文　馬上駿兵
71 魔法少女まどか☆マギカ講義録
——メディア文藝への招待——　志水義夫
72『源氏物語』女三の宮の〈内面〉　西原志保
73 超口語訳 徒然草　濱田浩一郎
74 重箱の隅から読む名場面　馬上駿兵
75 戦国武将と能楽
——信長・秀吉・家康——　原田香織
76 物語の中の京都　濱中 修
77 滑稽艶笑譚
——江戸小咄を愉しむ——　宮尾與男
78「令和」から読む万葉集　辰巳正明
79 平家物語とその周辺
——女性たちの物語——　濱中 修
80 向田邦子の末尾文トランプ　半沢幹一
81 藤沢周平 とどめの一文　半沢幹一